隨學隨練快速打好文法基礎

重點整理╳相應習題

用滿分筆記打造滿分英文！

使用說明

1 雙欄設計，隨學隨練

筆記型式雙欄設計，左側主要欄位為文法重點說明；右側欄位為搭配當頁文法重點的練習題，隨學隨練加深印象。

Lesson4 所有格

什麼是所有格？

所有格可放在名詞前面，表示該名詞是屬於「誰的」。正因為放在名詞前面，所以也可視為形容詞，或稱為「所有形容詞」，如his book（他的書）、Amy's boyfriend（Amy的男友）。所有格也可以用介系詞of來表示「屬於……的」，如the cover of the book（書的封面）。

所有格的形成方式

代名詞所有格	my（我的） our（我們的） his（他的） its（它/牠的）	your（你的/你們的） their（他們的） her（她的）
名詞＋'s	Peter's（Peter的） the boy's（男孩的） my mother's（我媽媽的）	
of＋名詞	～ of the table（餐桌的） ～ of London（倫敦的） ～ of the house（房子的）	
集合名詞，後面直接加 's	children's（小孩們的） people's（人們的）	
字尾為s的複數名詞，加 '不加s	the boys'（男孩們的） the students'（學生們的）	
兩人以上共同擁有，最後一個名詞後面加 's	Steven and Jack's（Steven與Jack的）	
兩人以上各自擁有，每個名詞後面各自加 's	Steven's and Jack's（Steven的與Jack的）	

成果實測

1. ( ) ＿＿＿ blue eyes are very sexy.

    (A) Him　(B) I
    (C) Her　(D) You

2. ( ) ＿＿＿ mothers are very young.

    (A) She
    (B) Andy
    (C) Andy and Jack's
    (D) Andy's and Jack'

解答
1. (C) 2. (D)

2 文法重點進階補充

在右側欄位補充進階文法重點，並同樣搭配舉例說明，讓讀者可以輕鬆
理解進階文法概念，全方位掌握英文文法！

有格的用法

有格形容詞無法獨立使用在句子中，後面一定要接名詞
（of＋名詞，則名詞放前面）形成「名詞片語」才能使用
中，並作為主詞、主詞補語或受詞。

主詞

ny ＋ father ＝ my father（我的父親）

所有格　　名詞　　　名詞片語

My father is a police officer.

句子的主詞

→ 我的父親是一名警官。

主詞補語

he boys' ＋ teacher ＝ the boys' teacher

所有格　　名詞　　名詞片語（男孩們的老師）

His wife is the boys' teacher. ●

作為主詞his wife的補語

他太太是男孩們的老師。

動詞的受詞

he weather ＋ of London

所有格　　　名詞

＝ the weather of London

名詞片語（倫敦的天氣）

can't stand the weather of London.

作為動詞stand的受詞

我無法忍受倫敦的天氣

注意

● 所有格的小陷阱

Peter and Jerry's mom VS.
Peter's and Jerry's moms

有什麼不一樣？

前者指Peter和Jerry兩個人
是兄弟關係，兩人共同擁
有的媽媽只有一個，所以
mom是單數。後者指非兄
弟關係的Peter和Jerry兩
個人各自的媽媽，一人一
個媽媽，因此moms為複
數。

成果實測

寫出下列名詞的所有格

1. Hank _____
2. the students _____
3. my parents _____
4. Grandpa _____
5. the family _____
6. the men _____
7. James _____
8. we _____

解答

1. Hank's
2. the students'
3. my parents'
4. Grandpa's
5. the family's
6. the men's
7. James's
8. our

3 大量例句，破解文法難題

以大量例句示範說明
重點文法的實際使用
方式，並附上中文翻
譯，讓讀者看到文法
術語不再霧煞煞，學
習更輕鬆！

前言

　　隨著國際間的交流日漸緊密，掌握一門國際語言也變得越來越重要，不只是學校教育對外語學習越來越重視，企業徵才也越來越看重外語能力。而英文做為目前最被廣泛使用的語言，自然成了我們的學習首選。

　　那麼要如何學好英文呢？以往我們常聽到：「要學好英文就是要多背單字！」確實，字彙的累積對語言學習來說十分重要，但是光靠背誦字彙是無法真正掌握英文的。若是沒有穩固的文法基礎，就會陷入徒有龐大的單字量卻不知如何使用的窘境。因為英文文法是英文遣詞造句的規則，所以只有掌握英文文法才能學好英文。

　　本書採雙欄式筆記設計，主要欄位將文法重點整理條列，搭配淺顯易懂的解說與大量例句，讓再複雜的文法也一目了然；右側欄位有對應當頁學習重點的練習題，讓讀者可以馬上練習加深印象，學習效果更顯著！內容編排由淺入深，從最基礎的詞性介紹開始，逐步帶領讀者學習英文文法，系統性串連起所有文法知識。

　　希望本書能為想學好英文的讀者們帶來幫助，讓學習英文不再感到負擔。

　　現在翻開本書，一起打造滿分英文吧！

目錄

Unit 1 詞類

Unit 2 句子與片語

Unit 3 動詞與時態

Unit 4 其他句型

Unit 5 總複習

Unit 1
詞類

Lesson 1 名詞

什麼是名詞？

名詞就是能代表或指稱「人、事、物、地點或概念」的語詞。

名詞的種類

名詞可依以下方式來做分類。

❶ 專有名詞vs.普通名詞

「專有名詞」指特定名稱，通常是「人、事、物、地點或概念」的名字，因此首字母需大寫，如John是一個人的名字、Honda是汽車品牌的名稱，Monday是指一星期中特定的一天、Taipei是一個城市的名稱等等。

「普通名詞」指的則是一般名稱，首字母不需大寫，如apple（蘋果）、school（學校）等。

❷ 具體名詞vs.抽象名詞

「具體名詞」意指五官可感受到的物質，如table（桌子）、juice（果汁）、air（空氣）等。

「抽象名詞」則指無法用五官感受的概念，如love（愛）、time（時間）、childhood（童年）、sadness（悲傷）等。

❸ 可數名詞vs.不可數名詞

「可數名詞」指的是有單數與複數區別的名詞，如book（書）、flower（花）、cat（貓）等。

「不可數名詞」則是無法計數，無單複數區別的名詞，如water（水）、light（光線）、China（中國）等。

成果實測

1. ( ) I was born in ____.
   (A) hospital
   (B) school
   (C) Taipei
   (D) Mr. Chen.

2. ( ) The _____ in the office is broken.
   (A) chair
   (B) hair
   (C) mood
   (D) feelings

3. ( ) My dad bought a ____ at the store.
   (A) internet
   (B) book
   (C) furniture
   (D) friend

解答
1. (C) 2. (A) 3. (B)

📝 可數名詞

可數名詞有「普通名詞」與「集合名詞」兩種。

❶ 普通名詞

單數「普通名詞」之前，通常會加上冠詞a/an或是the；複數的普通名詞之前不加冠詞a/an，並在字尾加上s或es表示複數。例：

單數普通名詞	複數普通名詞
a chair（一張椅子） an apple（一顆蘋果） the book（那本書）	chairs（椅子） apples（蘋果） books（書）

❷ 集合名詞

「集合名詞」意指同種類的人或物之集合體名稱，形式是單數，但代表的卻是複數，如family（家人）；但是將集合體視為一個單位時，則為普通名詞，單數時前面可以加冠詞，複數時後面可加s或es，如family（家庭）。例：

集合名詞指 組成分子的總稱	集合名詞 視為一個單位
my family（我的家人） some fruit（一些水果） a lot of fish（很多魚）	two families（兩個家庭） different fruits （不同的水果） various fishes （各種各樣的魚）

✏️ 成果實測

1.(　) I want to be an ＿＿＿ in the future.
   (A) elephant
   (B) astronaut
   (C) teacher
   (D) refrigerator

2.(　) My mom brought some ＿＿＿＿ back home.
   (A) book　　　(B) mug
   (C) coin　　　(D) fruit

解答
1. (B)　2. (D)

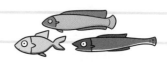

📝 不可數名詞

　　「專有名詞」、「物質名詞」及「抽象名詞」都是屬於不可數名詞。不可數名詞一般前面不加冠詞a/an，也沒有複數。

❶ 專有名詞

　　表示「人名、國名、地名、品牌名稱或月日、節日等」。例：

- 人名：Ben、Mr. Chen 陳先生
- 國名：Japan 日本、Singapore 新加坡
- 地名：Shanghai 上海、Tokyo 東京
- 品牌名稱：Facebook 臉書
- 月日：January 一月、Sunday 星期日
- 節日：Thanksgiving 感恩節

❷ 物質名詞

　　表示「沒有一定形態」的物。例：

- 食物及飲料：bread 麵包、butter 奶油、tea 茶
- 原料：wood 木頭、glass 玻璃、cloth 布
- 液體及氣體：water 水、rain 雨、air 空氣、fire 火

❸ 抽象名詞

　　指無形的概念。例：

- 抽象概念：health 健康、honesty 誠實、freedom 自由
- 知識領域：grammar 文法、math 數學、politics 政治
- 情緒感覺：happiness 幸福、fear 恐懼、hope 希望

✏️ 成果實測

1. (　) My friend will come visit me on ＿＿.
   - (A) Sunday
   - (B) a Saturday
   - (C) 9 o'clock
   - (D) day

2. (　) The ＿＿＿＿＿ was good between Emily and Stephanie.
   - (A) mood
   - (B) grade
   - (C) chemistry
   - (D) face

解答
1. (A)　2. (C)

📝 單數名詞變複數名詞的方法

❶ 規則變化

變化規則	單數→複數
一般名詞 →**字尾加上s**	girl → girls desk → desks
名詞字尾為o →**字尾加上es**	potato → potatoes tomato → tomatoes hero → heroes
名詞字尾為s, x, z, sh, ch →**字尾加上es**	bus → buses box → boxes fish → fishes church → churches
名詞字尾為f或fe →**先將f或fe改成v，再加es**	leaf → leaves knife → knives
名詞字尾為子音＋y →**先將y改成i，再加es**	baby → babies story → stories
名詞字尾為母音＋y →**直接加s**	boy → boys day → days key → keys

❷ 不規則變化

變化方式	單數→複數
名詞中的母音變化	man → men woman → women tooth → teeth foot → feet
名詞字尾＋en/ren	child → children
單複數形式相同	sheep → sheep Chinese → Chinese

✏️ 成果實測

寫出下列單數名詞的複數形

1. thief ＿＿＿＿＿＿＿
2. orange ＿＿＿＿＿＿
3. glass ＿＿＿＿＿
4. tomato ＿＿＿＿＿
5. dish ＿＿＿＿＿
6. cat ＿＿＿＿＿
7. student ＿＿＿＿＿
8. box ＿＿＿＿＿
9. family ＿＿＿＿＿
10. woman ＿＿＿＿＿

解答

1. thieves 2. oranges
3. glasses 4. tomatoes
5. dishes 6. cats
7. students 8. boxes
9. families 10. women

可數名詞中的特殊名詞

❶ 有些名詞，單複數所代表的意義不同

例 ▶

單數	複數
good（善行）	goods（貨物）
cloth（布）	clothes（衣服）
glass（玻璃）	glasses（眼鏡）
manner（方法）	manners（禮貌）
wood（木頭）	woods（樹林）
work（工作）	works（作品）

❷ 通常以複數形態出現的名詞

　　這些名詞通常是以「成雙成對」的形式存在，要表示數量時，會在前面加上a pair of（一雙、一副）。也就是說，一旦使用單數，則意味著該物品「不成套」。

例 ▶

成雙的名詞	表示數量的用法
shoes（鞋子）	a shoe（一只鞋子）
socks（襪子）	a glove（一只手套）
gloves（手套）	a pair of shoes（一雙鞋）
pants（長褲）	a pair of chopsticks
shorts（短褲）	（一副筷子）
jeans（牛仔褲）	
scissors（剪刀）	
chopsticks（筷子）	

🖊 成果實測

圈出正確的名詞

1.I like (sheep / sheeps).

2.Mary just bought a pair of new (shoe / shoes).

3.There are two (potatos / potatoes) on the table.

4.Peter: Are you (Japanese / Japaneses)?
Ayumi & Emi: Yes, we are.

5.Please wash your dirty (cloth / clothes).

解答

1. sheep 2. shoes

3. potatoes

4. Japanese 5. clothes

📝 名詞在句子中的用法

❶ 作為主詞

1. 作為句子的主詞

▶ **Mary** is very smart. → Mary非常聰明。

2. 作為主詞的補語

▶ My favorite holiday is **Christmas**.

→ 我最喜歡的節日是聖誕節。

3. 作為主詞的同位語

▶ My brother, **Jeff**, is a doctor.

→ 我的哥哥Jeff是一名醫師。

❷ 作為受詞：

1. 作為動詞的受詞

▶ I love **Kathy**. → 我愛Kathy。
　　　動詞

2. 作為介系詞的受詞

▶ We are talking about **our weekend**.
　　　　　　　　　介系詞

→ 我們正在討論我們的週末。

❸ 作為受詞補語

▶ Everyone calls me **Bill**. → 大家都叫我Bill。
　　　　　　　　受詞

❹ 作為受詞同位語

▶ I want to thank my husband, **Jerry**.
　　　　　　　　　受詞

→ 我要感謝我的先生Jerry。

✏️ 成果實測

1. (　) _____ will go a long way to achieving a positive outcome.

　(A) Animals

　(B) Communication

　(C) Leader

　(D) Family

2. (　) One thing I admire about him is his _____.

　(A) honesty

　(B) life

　(C) weekend

　(D) schools

解答
1. (B)　2. (A)

Lesson 2 冠詞

📝 什麼是冠詞？

　　冠詞是一種限定詞，「不定冠詞」a或an通常放在「未指定」的單數名詞前，如a boy（一個男孩）；而「定冠詞」the則放在「有指定」的單複數名詞或不可數名詞前，如 the boy（該男孩）。冠詞雖然可分為「定冠詞」和「不定冠詞」兩種，但總共也就只有三個，即a、an、the。

📝 不定冠詞：a/an

　　a與an都是指「一個」，因此後面只能接單數的可數名詞。

❶ a用在首字母為子音的單數名詞前

　　例 ▶ a boy（一個男孩）
　　　　 a chair（一張椅子）
　　　　 a book（一本書）

❷ an用在首字母為母音的單數名詞前

　　例 ▶ an egg（一顆蛋）
　　　　 an hour（一個小時）
　　　　 an island（一座島）

📝 定冠詞：the

　　the沒有單複數之分，後面可以接單數可數名詞、複數可數名詞，也可以接不可數名詞。

💡 注意

首字母為母音字母不發音，而是發子音時，冠詞用a。

例

❶ 雖然European的首字母為E，但是其發音為子音[j]，而不是母音 [ɜ]，所以前面的冠詞要用a，而不是an。

❷ 雖然one-day的首字母為o，但是其發音為子音[w]，而不是母音[a]，所以前面的冠詞要用a，而不是an。

📓 什麼時候要用定冠詞？

❶ 表示「特定的」人、事、物

有特定指稱的對象時，前面要加定冠詞the，以表示「指定」。

▶ **Mr. Smith is <u>the</u> teacher of the class.**

→ Smith先生是這個班級的老師。

▶ **Did you enjoy <u>the</u> movie?** → 你喜歡那部電影嗎？

❷ 表示獨一無二的自然事物

自然界中獨一無二的事物前面，要加定冠詞，表示「唯一」。

例 ▶ the moon 月亮　　the sun 太陽
　　the sky 天空　　the earth 地球

❸ 表示方向或方位時

▶ **The forest is on <u>the</u> right of the river.**

→ 森林在河的右側。

▶ **The birds are flying to <u>the</u> south.**

→ 鳥兒們要飛到南方去。

❹ 專有名稱之前

有「專屬名稱」的自然景觀，如河流、山脈、群島、海洋或建築物等，前面也會加上定冠詞the。

例 ▶ the Pacific Ocean（太平洋）
　　the Nile（尼羅河）
　　the Alps（阿爾卑斯山）
　　the Maldives（馬爾地夫群島）

💡 注意

首字母的子音不發音，而以母音為首字母發音時，冠詞用an。

例

雖然hour的首字母為h，但是h在hour這個字裡是不發音的，首字母發音為o的[a]，所以前面的冠詞要用an，而不是a。

✏️ 成果實測

填入a或an

1. ___ holiday

2. ___ year

3. ___ umbrella

4. ___ ostrich

5. ___ hour

6. ___ magazine

7. ___ one-way ticket

8. ___ island

解答

1. a 2. a 3. an 4.an

5. an 6. a 7. a 8. an

❺ 序數之前

表示「第……」的序數之前，必須要加定冠詞。

例 ▶ the first（第一）
　　 the second（第二）
　　 the third（第三）

❻ 形容詞最高級之前

表示「最……」的形容詞最高級之前，必須要加定冠詞。

例 ▶ the best（最棒的）　the worst（最糟的）
　　 the most（最多的）　the least（最少的）
　　 the most beautiful（最美的）

📝 不需加定冠詞的名詞

有些名詞前面，是不需要加定冠詞的。

不需加定冠詞的情形	例如
前面已經有所有格、指示形容詞及不定形容詞的名詞	my wife（我的太太） this book（這本書） one day（有一天）
物質名詞	water（水）　air（空氣） iron（鐵）　gold（黃金）
抽象名詞	honesty（誠實） happiness（幸福）
學科	science（科學） math（數學）
運動項目	basketball（籃球） tennis（網球）
顏色	blue（藍色） white（白色）
語言	English（英文） Chinese（中文）

Lesson 3 代名詞

什麼是代名詞？

代名詞，顧名思義就是「代替名詞的詞」。代名詞可分為：代替人名或稱謂的「人稱代名詞」如we或you、代替特定人或物的「指示代名詞」如this或these、代替不特定人或物的「不定代名詞」如some或many、代替不確定人或物的「疑問代名詞」如who或what，以及同時具有代名詞及連接詞功能的「關係代名詞」如which或whose。

人稱代名詞

代替人名或稱謂的人稱代名詞，有單複數的區別，並有主格、所有格及受格三種形式。

		主格	所有格	受格
第一人稱	單數	I 我	my 我的	me 我
	複數	we 我們	our 我們的	us 我們
第二人稱	單數	you 你	your 你的	you 你
	複數	you 你們	your 你們的	you 你們
第三人稱	單數	he 他 she 她 it 它／牠	his 他的 her 她的 its 它的／牠的	him 他 her 她 it 它／牠
	複數	they 他們／她們／它們／牠們	their 他們的／她們的／它們的／牠們的	them 他們／她們／它們／牠們

❶ 人稱代名詞的用法

1. 主格：為句子的主詞

▶ <u>I</u> am a student. → 我是一名學生。

成果實測

1.(　) Please listen to _____.

(A) me　　(B) my

(C) you　　(D) herself

2.(　) This is Jerry. _____ is _____ brother.

(A) Him; me

(B) He; my

(C) My; himself

(D) It; its

3.(　) This is my cat. _____ name is Mimi.

(A) It's　　(B) itself

(C) It　　　(D) Its

解答
1. (A)　2. (B)　3. (D)

2. 受格：為句子的受詞

  ①作動詞的受詞。

   ▶ **She** loves **me.** → 她愛我。
          動詞

  ②作受詞補語。

   ▶ **I thought** that **was you.** → 我以為那是你。
            受詞

  ③作介系詞的受詞。

   ▶ **I care** about **him.** → 我很關心他。
            介系詞

3. 所有格：為形容詞，放在名詞前面，修飾名詞

   ▶ **That is** my money. → 那是我的錢。
            名詞

❷ 關於it的用法

1. it指「它」或「牠」，用來代替物品名稱或動物名稱。

   ▶ **It is my dog.** → 牠是我的狗。 ⟶ it為my dog的代名詞

2. it 可用來代替「時間、天氣」等抽象名詞。

   ▶ **It is cold today.** → 今天很冷。 ⟶ it 指天氣，為the weather 的代名詞

3. it可作為句子的虛主詞。

   ▶ **It is wrong to lie.** → 說謊是錯的。 ⟶ 這個句子真正的主詞是後面的to lie（說謊這件事），it雖然在句首，卻不是真正的主詞，所以稱為「虛主詞」。

與人稱代名詞有關的其他代名詞

❶ 所有代名詞

所有代名詞為代替「所有格＋名詞」的代名詞，當前面出現過某個名詞時，為了避免重複，後面再提到同樣的名詞時就會使用「所有代名詞」。

my ＋名詞	mine
our ＋名詞	ours
your ＋名詞	yours
his ＋名詞	his
her ＋名詞	hers
its ＋名詞	its
their ＋名詞	theirs

▶ **Is this your umbrella?** → 這是你的雨傘嗎？

Yes, it is mine. → 對，它是我的。

❷ 反身代名詞

當主詞與受詞指的是同一人或同一件事時，受詞要使用反身代名詞。

	主詞	受詞	反身代名詞
單數	I	me	myself（我自己）
	you	your	yourself（你自己）
	he	him	himself（他自己）
	she	her	herself（她自己）
	it	it	itself（它自己）

成果實測

1. ( ) Is this your jacket?
No, it's not _____.
(A) my (B) your
(C) mine (D) myself

解答
1. (C)

前面的問句已經提到 umbrella（雨傘）這個名詞，後面的答句就不需要再重複umbrella，改用mine來代替my umbrella。

I know myself.

主詞是「我」，受詞也是「我」，主詞受詞為同一人，因此受詞要用反身代名詞myself，而不是me。

複數	we you they	us you them	ourselves（我們自己） yourselves（你們自己） themselves（他們自己）

▶ **I know myself.** → 我了解我自己。

You must protect yourselves.

→ 你們必須保護你們自己。

指示代名詞

用來代替「特定的人或事物」的代名詞。指示代名詞也可以做指示形容詞，後面接名詞。

單數	this	這個（人、事、物）
	that	那個（人、事、物）
複數	these	這些（人、事、物）
	those	那些（人、事、物）

❶ 指示代名詞的用法

指示代名詞在句子中可以做主詞，也可做受詞。

1. 做主詞

▶ **This is my seat.** → 這是我的座位。

Those are better, but more expensive.

→ 那些比較好，但比較貴。

2. 做受詞

▶ **I don't want to eat that.** → 我不想吃那個東西。

Where should I put these?

→ 我該把這些東西放哪裡？

成果實測

1. (　) The man killed _____.

   (A) him　(B) he

   (C) his　(D) himself

2. (　) Who will be responsible for taking _____ topic forward?

   (A) the　(B) it

   (C) your　(D) this

解答
1. (D)　2. (D)

3. 指示代名詞做指示形容詞用時，後面接名詞

▶ **You can't borrow this book.** → 你不能借這本書。

These bags are all defective.

→ 這些袋子都是有瑕疵的。

📓 不定代名詞

用來代替「不特定的人或事物」的代名詞。不定代名詞也可以做不定形容詞，後面接名詞。

one	一個（人、事、物）
each	每一個（人、事、物）
both	兩個（人、事、物）
either	兩者其中之一（人、事、物）
any	任何、若干（人、事、物）
some	一些（人、事、物）
many	許多（人、事、物）
more	更多（人、事、物）
most	大部分（人、事、物）
all	所有（人、事、物）
none	沒有（人、事、物）
a few	幾個（人、事、物）
a lot	很多（人、事、物）

✏️ 成果實測

1. （ ）_____ of my classmates studied abroad after graduating from high school.

   (A) One　(B) Much

   (C) Any　(E) Either

2. （ ）I guess the answer would be _____ A or B.

   (A) both　(B) all

   (C) either　(D) none

3. （ ）My mom had told me before, so I know _____ about the story.

   (A) most　(B) nothing

   (C) many　(D) much

解答
1. (A) 2. (C) 3. (D)

❶ 不定代名詞的用法

不定代名詞在句子中可以做主詞，也可做受詞。

1. 做主詞

▶ **I have many bags. <u>Some</u> are expensive, but <u>most</u> of them are cheap.**
→ 我有很多包包。有些很貴，但大部分都很便宜。

→ 「有些包包」、「大部分包包」都沒有特別指出是哪些包包。

2. 做受詞

▶ **The cookies look yummy. Can I have <u>one</u>?**
→ 這些餅乾看起來真美味。我可以吃一塊嗎？

She wants money, but I don't have <u>any</u>.
→ 她想要錢，但我一塊都沒有。

3. 不定代名詞做不定形容詞用時，後面接名詞

▶ **She only has <u>a few</u> friends.** → 她只有幾個朋友。

I got <u>many</u> gifts on my birthday.
→ 我生日時收到許多禮物。

📝 疑問代名詞

疑問代名詞是用來詢問「人、事物、時、地、方法、原因」的代名詞，單複數形式皆相同，常放在句首作為疑問詞。

who 誰	問「人」
whom 誰	問「人」
whose 誰的	問「持有人」
what 什麼	問「事、物」或「職業、身份」
which 哪一個	問「人、事、物」

🖊 成果實測

1. (　) He told me he has a lot of money. He could lend me ____.
   (A) one　(B) some
   (C) any　(D) none

2. (　) He's the _____ handsome man I've ever met.
   (A) more　(B) most
   (C) some　(D) all

解答
1. (B)　2. (B)

❶ 疑問代名詞的用法

1. 作為主詞

▶ <u>**Who**</u> **is in the bathroom?** → 誰在廁所裡？

2. 作為主詞補語

▶ <u>**Whose**</u> **is that?** → 那個是誰的？ ～～～～～→ whose為主詞that的補語

3. 作為動詞的受詞

▶ <u>**Whom**</u> **do you love?** → 你愛誰？ ～～～～→ whom為動詞love的受詞

<u>**Which**</u> **do you prefer?** → 你比較喜歡哪個？ ～～→ which為動詞prefer的受詞

4. 介系詞的受詞

▶ <u>**What**</u> **are you talking about?** ～～～～～→ what為介系詞about的受詞
→ 你們在講什麼？

NOTE

Lesson 4 所有格

📝 什麼是所有格？

　　所有格可放在名詞前面，表示該名詞是屬於「誰的」。正因為放在名詞前面，所以也可視為形容詞，或稱為「所有形容詞」，如his book（他的書）、Amy's boyfriend（Amy的男友）。所有格也可以用介系詞of來表示「屬於……的」，如the cover of the book（書的封面）。

📝 所有格的形成方式

代名詞所有格	my （我的） our（我們的） his （他的） its （它／牠的）	your （你的／你們的） their（他們的） her（她的）
名詞＋'s	Peter's（Peter的） the boy's（男孩的） my mother's（我媽媽的）	
of＋名詞	～ of the table（餐桌的） ～ of London（倫敦的） ～ of the house（房子的）	
集合名詞，後面直接加 's	children's（小孩們的） people's（人們的）	
字尾為s的複數名詞，加 '不加s	the boys'（男孩們的） the students'（學生們的）	
兩人以上共同擁有，最後一個名詞後面加 's	Steven and Jack's （Steven與Jack的）	
兩人以上各自擁有，每個名詞後面各自加 's	Steven's and Jack's （Steven的與Jack的）	

📋 所有格的用法

　　所有格形容詞無法獨立使用在句子中，後面一定要接名詞（若是of＋名詞，則名詞放前面）形成「名詞片語」才能使用在句子中，並作為主詞、主詞補語或受詞。

❶ 作為主詞

<u>my</u> ＋ <u>father</u> ＝ <u>my father</u> （我的父親）
　所有格　　名詞　　　名詞片語

▶ **My** <u>father</u> **is a police officer.**
　　句子的主詞

→ 我的父親是一名警官。

❷ 作為主詞補語

<u>**the boys'**</u> ＋ <u>**teacher**</u> ＝ <u>**the boys' teacher**</u>
　所有格　　　　名詞　　　名詞片語（男孩們的老師）

▶ **His wife is the** <u>**boys'**</u> **teacher.**
　　　　　　　　　作為主詞his wife的補語

→ 他太太是男孩們的老師。

❸ 作為動詞的受詞

<u>**the weather**</u> ＋ <u>**of London**</u>
　所有格　　　　　　名詞

＝ <u>the weather of London</u>
　名詞片語（倫敦的天氣）

▶ **I can't stand** <u>**the weather of London.**</u>
　　　　　　　作為動詞stand的受詞

→ 我無法忍受倫敦的天氣

💡 注意

● 所有格的小陷阱

Peter and Jerry's mom VS. Peter's and Jerry's moms

有什麼不一樣？

前者指Peter和Jerry兩個人是兄弟關係，兩人共同擁有的媽媽只有一個，所以mom是單數。後者指非兄弟關係的Peter和Jerry兩個人各自的媽媽，一人一個媽媽，因此moms為複數。

✏️ 成果實測

寫出下列名詞的所有格

1. Hank _____
2. the students _____
3. my parents _____
4. Grandpa _____
5. the family _____
6. the men _____
7. James _____
8. we _____

解答
1. Hank's
2. the students'
3. my parents'
4. Grandpa's
5. the family's
6. the men's
7. James's
8. our

❹ 作為介系詞的受詞

Amy and Emily's ＋ brother
　　　所有格　　　　　　　名詞

＝ Amy and Emily's brother
　名詞片語（Amy和Emily 的哥哥）

▶ I am in love with Amy and Emily's brother.
　　　　　　　　　　作為介系詞with的受詞

→ 我愛上了Amy和Emily的哥哥。

成果實測

填入正確的字

1. 桌腳
   ＝ the legs _____ the table

2. 臺北的空氣
   ＝ the air _____ Taipei

3. Bill的爸爸和Gary的爸爸
   ＝ _____ and Gary's _____

4. 我的一個朋友
   ＝ a friend _____ _____

5. 女孩兒們的芭比娃娃
   ＝ the _____ Barbie dolls

解答

1. of
2. of
3. Bill's... dads(fathers)
4. of mine
5. girls'

Lesson 5 形容詞

什麼是形容詞？

　　形容詞用來修飾「名詞」或「代名詞」，其存在與否並不影響句子結構，但是使用形容詞卻能增加句子的豐富性。如 I have an idea.（我有個點子）及 I have a great idea.（我有個很棒的點子），這兩個句子比較起來，後者多了形容詞 great 來修飾名詞 idea，比前句更能吸引大家對 idea 的注意。

形容詞的用法

　　形容詞有兩種用法，一種用來放在名詞之前修飾名詞，一種則放在連綴動詞之後作為主詞補語。

❶ 放在名詞之前修飾名詞

　　當形容詞放在名詞之前，作為修飾名詞之用時，就會連同名詞一起變成一個「名詞片語」。

例 ▶

smart boy（聰明的男孩）　crazy idea（瘋狂的點子）

pretty girl（漂亮的女孩）　lazy worker（懶惰的員工）

　　名詞片語為名詞的相等語，在句子中可視為「一個名詞」來使用，可以作為句子的主詞，亦可以作為補語或受詞。

1. 名詞片語做主詞

　▶ <u>The handsome man</u> is my husband.

　　　　名詞片語

　→ 那個英俊的男子是我的丈夫。

2. 名詞片語做補語

　▶ Mike is <u>a smart boy</u>.

　　　　　名詞片語

　→ Mike 是個聰明的男孩。

成果實測

1. (　) The _____ house on the street over there is my home.

　(A) large　　(B) fun

　(C) careful　(D) cold

2. (　) She has a _____ singing voice.

　(A) red

　(B) complete

　(C) fundamental

　(D) beautiful

解答
1. (A)　2. (D)

3. 名詞片語做受詞

▶ **She wore a beautiful dress.**

名詞片語

→ 她穿了一件美麗的洋裝。

❷ 放在連綴動詞之後，作為補語

形容詞可以放在連綴動詞如is、are或look、smell等後面，作為修飾前面主詞的補語。

▶ **My parents are happy.**

修飾主詞my parents

→ 我的爸媽很開心。

▶ **The cake looks delicious.**

修飾主詞the cake

→ 蛋糕看起來很美味。

形容詞的種類

❶ 代名形容詞：可以轉做形容詞用的代名詞，即代名形容詞

1. 指示形容詞——由指示代名詞轉形容詞用

如this、that、these、those等
this woman 這個女子　　that movie 那部電影
these books 這些書本　　those chairs 那些椅子

2. 不定形容詞——由不定代名詞轉形容詞用

如some、any、both、all等
some food 一些食物　　any ideas 任何想法
each person 每一個人　　another table 另一張桌子

3. 所有形容詞——由人稱代名詞所有格轉形容詞用

如my、your、his、their等
my teacher 我的老師　　our homework 我們的回家功課
his watch 他的手錶　　their children 他們的孩子

成果實測

1. (　) I would like to borrow _____ books.
   (A) this　(B) these
   (C) that　(D) those

2. (　) Do you have _____ ideas?
   (A) this　(B) one
   (C) each　(D) any

3. (　) _____ kind of fruit do you like to eat?
   (A) What　(B) Some
   (C) This　(D) Whose

解答
1. (B) 2. (D) 3. (A)

4. 疑問形容詞——由疑問代名詞轉形容詞用

如what、whose、which等

what kind 哪種　　　　　　　which room 哪個房間

whose handbag 誰的手提包

5. 關係形容詞——由關係代名詞轉形容詞用

如what、whose、which等

what time 什麼時間　　　　whose idea誰的點子

which student 哪個學生

❷ **數量形容詞：用來表示名詞的數或量有多少的形容詞**

1. 不定數量形容詞：用來修飾沒有一定數量的名詞

如：many, much, little, few, some, all 等

| many / few / a few / several ＋ 可數複數名詞 |
| much / little / a little ＋　　　　不可數名詞 |

例 ▶

many watches 很多手錶　　few people 很少人

a few dresses 幾件洋裝　　several questions 數個問題

much time 很多時間　　　　little food 很少食物

a little money 一點錢

| some / all / enough + 可數複數名詞 |
| 不可數名詞 |

例 ▶

some friends 一些朋友　　　some water 一點水

all students 所有學生　　　all money 所有的錢

enough seats 足夠的座位　　enough time 足夠的時間

• few與a few的區別：
few表示「很少，少到幾乎沒有」，有否定含義，a few表示「幾個，數量約2~3個」。

• little與a little的區別：
little表示「很少，少到幾乎沒有」，有否定含義a little 表示「有一點，少許」。

2. 定量形容詞：用來計數、表示順序、份量的名詞

如：數詞（one, two）、序數詞（first, second, last）、倍數詞（half, double）等。

例 ▶

one year 一年	ten children 十個孩子
the first day 第一天	the last time 最後一次
half an hour 半小時	double pay 兩倍工資

❸ 性狀形容詞：用來修飾名詞的「性質」、「外觀」、「狀態」、「特性」等的形容詞

1. 描述外觀或狀態

good idea 好主意	tall building 高樓
young woman 年輕女子	hot water 熱水
old lady 老太太	rainy day 雨天

2. 描述特性或特質

happy ending 快樂的結局
outgoing personality 活潑的個性
sad news 悲傷的消息
interesting story 有趣的故事

3. 描述材質

stone step 石階	silver spoon 銀湯匙
marble tile 大理石磚	gold coin 金幣

4. 專有形容詞

an English dictionary 一本英語字典
a European country 一個歐洲國家
the Chinese people 中國人

📝 形容詞的順序

用多個形容詞一起修飾同一個名詞時，形容詞的先後是有一定順序的：

> 代名形容詞 ＞ 數量形容詞 ＞ 性狀形容詞 ＋ 名詞

①包含「冠詞、指示形容詞、不定形容詞及所有形容詞」的代名形容詞要放在名詞片語的最前面。

②包含「序數詞、數詞」的數量形容詞緊接在後。

③最後才是放描述「性質、外觀、專有形容詞、材質」等性狀形容詞。

1	2	3	4	5
冠詞 a, an, the	序數詞 first second third	數詞 one two three	性狀 形容詞	名詞
指示形容詞 this, that, those				
不定形容詞 some, many, a lot of				
所有形容詞 my, your, their				

名詞片語做主詞

► **the first two days**（一開始的前兩天）

　　冠詞→序數詞→數詞→名詞

► **these two old ladies**（這兩個老太太）

　　指示形容詞→數詞→性狀形容詞→名詞

🖊 成果實測

依正確順序填入形容詞

1. (sunny / warm / beautiful)

   Today is a

   _____

   day.

2. (broken / glass / white / the)

   He picked up

   _____

   vase from the floor.

3. (Japanese / cute / a / tiny)

   Grandpa showed us

   _____

   beetle.

4. (Canadian / a / handsome / young)

   Her boyfriend is

   _____

   gentleman.

解答

1. beautiful warm sunny

2. the broken white glass

3. a cute tiny Japanese

4. a handsome young Canadian

📝 性狀形容詞本身也有順序！？

　　形容詞順序部分，最容易搞混的是性狀形容詞的順序。性狀形容詞是離名詞最接近的形容詞，而用來修飾同一個名詞的性狀形容詞可能不止一個，即使同樣都屬於性狀形容詞，也有一定的順序。基本上，屬於對名詞主觀判斷，或是描述外觀形狀的形容詞離名詞最遠，而越能描述名詞本質的形容詞，則離名詞最近。

- ▶ a <u>friendly</u>　<u>young</u>　<u>American</u>　woman

　　主觀特質 → 主觀狀態 → 客觀國籍 → 名詞

　→ 一位親切的美國年輕女性

- ▶ <u>dangerous</u>　<u>small</u>　　<u>black</u>　　insects

　　主觀特質 →主觀大小→客觀顏色→名詞

　→ 危險的黑色小昆蟲

1. (　) Vicky is a _____ _____ _____ girl.
   - (A) 18-year-old, sweet, young
   - (B) young, sweet, 18-year-old
   - (C) sweet, 18-year-old, young
   - (D) sweet, young, 18-year-old

2. (　) It is a ____ ____ ____ movie.
   - (A) boring, long, American
   - (B) long, boring, American
   - (C) American, long, boring
   - (D) boring, American, long

解答
1. (D) 2. (A)

Lesson 6 形容詞的比較級與最高級

什麼是形容詞比較級與最高級？

用來修飾名詞的形容詞，會因為修飾程度不同而有所「比較」。比較可依程度分為「原級」、「比較級」及「最高級」三種。

形容詞比較級與最高級的變化方式

形容詞的變化方式，可分為規則變化與不規則變化兩種。

❶ 規則變化

	原級	比較級	最高級
①單音節形容詞	short young strong	加er shorter younger stronger	加est shortest youngest strongest
②字尾為e的形容詞	nice large wise	加r nicer larger wiser	加st nicest largest wisest
③字尾為子音＋y的形容詞	lazy early happy	將y改i，再加er lazier earlier happier	將y改i，再加est laziest earliest happiest
④短母音＋單子音的單音節形容詞	big fat hot	重複字尾加er bigger fatter hotter	重複字尾加est biggest fattest hottest
⑤兩個音節以上形容詞	helpful famous important	前面加more more helpful more famous more important	前面加most most helpful most famous most important

成果實測

寫出形容詞的比較級與最高級

1. healthy
   _____ / _____

2. high
   _____ / _____

3. wonderful
   _____ / _____

4. sweet
   _____ / _____

5. good
   _____ / _____

6. bad
   _____ / _____

7. big
   _____ / _____

8. cold
   _____ / _____

解答

1. healthier / healthiest
2. higher / highest
3. more wonderful / most wonderful
4. sweeter / sweetest
5. better / best
6. worse / worst
7. bigger / biggest
8. colder / coldest

❷ 不規則變化

原級	比較級	最高級
good / well bad / ill many / much little	better worse more less	best worst most least

❸ 特殊的形容詞比較級

有些形容詞有兩種不同的比較級和最高級，且代表含義稍有不同。

原級	比較級	最高級
old 老；舊	older 更老的；更舊的 elder 較年長的；較資深的	oldest eldest
far 遠	farther 更遠的 further 更進一步的	farthest furthest
late 遲；晚	later 較晚的 latter 後者的	latest last

📓 形容詞比較級的基本句型

兩人或兩物做比較時，兩者皆須用主格。

❶ 原級比較

主格A＋be動詞＋ as 形容詞原級 as ＋主格B

這個句型是用來表示「A與B一樣地……」。在be動詞後加not即成否定句，表示「A不如B那麼地……」。

📝 成果實測

1. (　) I didn't feel so well yesterday, but I'm getting ＿＿ now.
   (A) best　　(B) well
   (C) better　(D) good

解答
1. (C)

💡 注意

比較級句型中介系詞as及than後面接的是主格，而非受格。且第二個主格後的be動詞可省略。

▶ **Peter is <u>as tall as</u> his father.**

　　　　　　　　形容詞原級

→ Peter跟他爸爸一樣高。

▶ **This book is not <u>as interesting as</u> that one.**

　　　　　　　　　　形容詞原級

→ 這本書沒有那本有趣。

❷ 比較級比較

> 主格A＋be動詞＋ 形容詞比較級 ＋ than ＋主格B

　　這個句型是用來表示「A比B更……」。在be動詞後面加not即成否定句，表示「A不比B更……」。

▶ **Rock music is <u>noisier than</u> light music.**

　　　　　　　　　形容詞比較級

→ 搖滾樂比輕音樂要吵。

▶ **Jennifer is not <u>younger than</u> Lisa.**

　　　　　　　　形容詞比較級

→ Jennifer並不比Lisa年輕。

📝 形容詞最高級的基本句型

　　最高級用在三者或三者以上做比較時。最高級形容詞前面必須要有「定冠詞the」或是「所有格」。

> 主詞＋be動詞＋⌈the ⌋
> 　　　　　　⌊所有格⌋
> ＋most 形容詞最高級（＋名詞）＋範圍

　　這個句型是用來表示「主詞是（某範圍）之中最……的」。be動詞後面加上not即成否定句。

▶ **Kevin is <u>the smartest</u> student in this class.** ～→ 最高級形容詞前面加定冠詞the

→ Kevin是這班上最聰明的學生。

例

Brian is as old as I (am).
→ Brian年紀跟我一樣大。

You are not stronger than he (is).
→ 你沒有比他更強壯。

✏️ 成果實測

1. Mrs. Lin is _____ (thin) than her daughter.
2. This movie is _____ (boring) than that one.
3. Mary is _____ (young) than her sister, but she looks _____ (old).
4. Your idea sounds ____ (good) than Peter's.
5. English is not _____ hard _____ Chinese.

解答

1. thinner /
2. more boring /
3. younger; older /
4. better / 5. as; as

► Susan is <u>my dearest</u> little sister. ～～～～～～～
→ Susan是我最親愛的妹妹。

最高級形容詞前面加所有格

📝 用比較級表示「最高級」的句型

┌─────────────────────────────────────┐
│ 主詞＋be動詞＋形容詞比較級＋than＋ ┌any other 單數名詞
│   └all the other 複數名詞
└─────────────────────────────────────┘

　　any other指「任何其他的」，後面接單數名詞，表示主詞與某範圍內的任何一個其他人做比較；all the other指「所有其他的」，後面接複數名詞，表示主詞與某範圍內的所有其他人做比較。

📋 以下三個句子表達的都是同一個意思

► **Mr. Simpson is <u>the richest businessman</u> in our town.**
→ Simpson先生是我們鎮上最富有的生意人。

► **Mr. Simpson is <u>richer than any other businessman</u> in our town.**
→ Simpson先生比我們鎮上其他任何生意人都富有。

► **Mr. Simpson is <u>richer than all the other businessmen</u> in our town.**
→ Simpson先生比我們鎮上其他所有生意人都富有。

any other接單數名詞 businessman

all the other接複數名詞 businessmen

🖋 成果實測

1. The beef stew is the _____ (delicious) of all the dishes.

2. Math is _____ (difficult) than any other subject.

3. This handbag is _____ (cheap) than all the other handbags in the store.

解答
1. most delicious
2. more difficult
3. cheaper

Lesson 7 程度副詞與情態副詞

什麼是程度副詞？

程度副詞是用來修飾形容詞或副詞的副詞，如so pretty 的so修飾形容詞pretty，或如quite slowly的quite修飾副詞 slowly。

❶ 常用的程度副詞

so 如此	very 非常	too 太
quite 非常，相當	rather 頗	almost 幾乎
nearly 幾乎	hardly 幾乎不	pretty 非常
only 只有	enough 足夠地	really 真的

程度副詞的用法

❶ 修飾形容詞：程度副詞放在形容詞前面

so tired 好累	very excited 非常興奮
quite scary 相當嚇人	almost dead 幾乎死了

▶ **I feel so tired.** → 我覺得好累。

▶ **The man was almost dead.**
　 → 那男子幾乎快死了。

❷ 修飾副詞：程度副詞放在副詞前面

really well 真的很好	too fast 太快了
rather early 頗早	nearly late 幾乎遲到

▶ **He sings really well.** → 他歌唱得真的很好。

▶ **Don't eat too fast.** → 別吃得太快了。

成果實測

1. (　) David studies Chinese _____ hard.
   (A) more　(B) little
   (C) fast　(D) very

2. (　) It is _____ hot today.
   (A) quite　(B) few
   (C) kindly　(D) quick

3. (　) Peter can speak Japanese _____ well.
   (A) much　(B) badly
   (C) pretty　(D) enough

4. (　) You are not _____ to drive.
   (A) enough old
   (B) old enough
   (C) pretty old
   (D) old very

5. (　) The children played _____ in the yard.
   (A) proud　(B) careful
   (C) lazy　(D) happily

解答
1. (D) 2. (A) 3. (C)
4. (B) 5. (D)

❸ 特例

enough當副詞用時，放在形容詞或副詞後做修飾。

early enough 夠早地　　　　tall enough 夠高地

fast enough 夠快地　　　　old enough 年紀夠大地

▶ **You are not tall <u>enough</u> to play basketball.**

→ 要打籃球，你還不夠高。

▶ **The man is old <u>enough</u> to be your grandfather.**

→ 那男人老得可以當你爺爺了。

📋 什麼是情態副詞

情態副詞是用來修飾動詞的副詞，用來說明動作發生的情況，如study hard中的hard修飾動詞study，說明讀書很「努力」或如get up early的early修飾片語動詞get up，表示「很早」起床。

📋 副詞的形成方式

❶ 規則變化

大部份的情態副詞都是從形容詞變來的，將形容詞變成副詞的方式，就是在後面加上ly。

	形容詞	副詞	例外
形容詞直接加ly	quick careful proud	quickly carefully proudly	full → fully true → truly
形容詞字尾為 le時，去e加y	simple comfortable possible	simply comfortably possibly	whole → wholly
形容詞字尾為y 時，去y加ily	easy happy heavy	easily happily heavily	

❷ 不規則變化

　　不規則變化的形容詞很少見，good是最常用的，副詞為
well。

❸ 形容詞與副詞同形

　　常見的與形容詞同形的副詞

形容詞	副詞
fast （快速的）	fast （快速地）
much （很多）	much （非常）
early （早的）	early（早地）
late （晚的）	late （晚地）
near（近的）	near （近地）
high （高的）	high （高地）
enough （足夠的）	enough （足夠地）
little （少的）	little（少量地）

❹ 形容詞變成副詞之後，意義改變者

形容詞	副詞
hard（硬的，難的）	hard（努力地） hardly（幾乎不）
short（短的，矮的）	shortly（不久）
bad（壞的）	badly（急切地，非常）
pretty（漂亮的）	pretty（頗，非常）
late（晚的，遲的）	lately（最近）
high（高的）	highly（非常，高度地）

解答
1. comfortably
2. totally
3. slowly
4. quietly
5. beautifully
6. easily
7. happily
8. simply

📋 情態副詞的用法

情態副詞主要是用來修飾動詞，描述動作進行的狀態。

❶ 修飾動詞：放在動詞後面

▶ **He works hard.** → 他努力工作。

▶ **The birds sing beautifully.** → 鳥兒啼得很優美。

❷ 修飾動詞片語：可放在動詞片語前面或後面

▶ **John speaks English well.**

→ John的英文說得很好。

▶ **The teacher is carefully grading the tests.**

→ 老師仔細地在考卷上打分數。

❸ 修飾片語動詞：放在片語動詞前面或後面

▶ **Mom gets up early in the morning.**

→ 媽媽早上很早起床。

▶ **We quickly ran away.** → 我們很快地逃走。

✏️ 成果實測

1. ( ) Taylor handled this event _____ to satisfy everyone.

(A) cool

(B) carefully

(C) careful

(D) hard

2. ( ) You should study ____ for the exam.

(A) careful   (B) a lot of

(C) serious   (D) hard

解答
1. (B) 2. (D)

Lesson 8 情態副詞的比較級與最高級

什麼是副詞比較級與最高級？

用來修飾動詞的情態副詞與形容詞一樣，都有「原級」、「比較級」及「最高級」之分，可以用來描述動作進行狀態的程度。

副詞比較級與最高級的變化方式

副詞的變化方式，可分為規則變化與不規則變化兩種。

❶ 規則變化

	原級	比較級	最高級
①單音節副詞	fast hard loud	加er faster harder louder	加est fastest hardest loudest
②雙音節以上副詞	slowly carefully directly	前面加more more slowly more carefully more directly	前面加most most slowly most carefully most directly

❷ 不規則變化

原級	比較級	最高級
well	better	best
badly	worse	worst
much	more	most
little	less	least

成果實測

寫出副詞的比較級與最高級

1. fast _____ / _____
2. early _____ / _____
3. carelessly _____ / _____
4. hard _____ / _____
5. well _____ / _____
6. badly _____ / _____
7. loud _____ / _____
8. clearly _____ / _____

解答

1. faster / fastest
2. earlier / earliest
3. more carelessly / most carelessly
4. harder / hardest
5. better / best
6. worse / worst
7. louder / loudest
8. more clearly / most clearly

📝 副詞比較級的基本句型

兩人或兩物做比較時，兩者皆須用主格。

❶ 原級比較

主格A＋動詞＋ as 副詞原級 as ＋主格B

這個句型是用來表示「A做某事與B一樣地……」。在動詞前面加上「助動詞＋not」即成否定句，表示「A做某事不如B那麼地……」。

▶ **Snails walk <u>as slowly as</u> turtles.**
副詞原級

→ 蝸牛走得跟烏龜一樣慢。

▶ **Alex does not study <u>as hard as</u> his brother.**
副詞原級

→ Alex沒有他哥哥那麼用功。

❷ 比較級比較

主格A＋動詞 ＋ 副詞比較級 ＋than ＋主格B

這個句型是用來表示「A做某事比B更……」。在動詞前面加「助動詞＋not」即成否定句，表示「A做某事不比B更……」。

▶ **Mom drives <u>more carefully than</u> Dad.**
副詞比較級

→ 媽媽開車比爸爸小心。

▶ **No one can run <u>faster than</u> Lightening Bolt.**
副詞比較級

→ 沒有人可以跑得比閃電波特快。

💡 注意

比較級句型中介系詞as及than後面接的是主格，而非受格。且第二個主格後的助動詞可省略。

例

Tom came home as late as I (did). （Tom回家時間跟我一樣晚。）

Dogs don't live longer than we (do).（狗不會活得比我們久。）

✏️ 成果實測

1. Mom cooks _____ (well) than Dad.

2. Angel washed the dog _____ (careful) than I did.

3. Mary arrived at school _____ (early) this morning.

4. Kevin finished his homework _____ (quickly) than his brother.

5. I don't speak English _____ well _____ Catherine.

📝 副詞最高級的基本句型

最高級用在三者或三者以上做比較時，最高級形容詞前面可以加「定冠詞the」，但不是必須。

> 主詞＋動詞＋ (the) most 副詞最高級＋範圍

這個句型是用來表示「主詞是（某範圍）之中做某事最……的」。動詞前面加上「助動詞＋not」即成否定句。

▶ **Ryan eats (the) least among all boys.**

→ Ryan是所有男孩子當中吃最少的。

▶ **Mom does not always get up (the) earliest .**

→ 媽媽並非總是最早起床。

📝 用比較級表示「最高級」的句型

> 主詞＋動詞＋副詞比較級＋than＋ { any other 單數名詞 / all the other 複數名詞 }

any other指「任何其他的」，後面接單數名詞，表示主詞與某範圍內的任何一個其他人做比較；all the other指「所有其他的」，後面接複數名詞，表示主詞與某範圍內的所有其他人做比較。

以下三個句子表達的都是同一個意思：

▶ **Jessie practices the hardest in the team.**

→ Jessie是隊上最努力練習的。

▶ **Jessie practices harder than any other player in the team.**

→ Jessie練習得比隊上任何一個選手都努力。

▶ **Jessie practices harder than all the other players in the team.**

→ Jessie練習得比隊上所有其他選手都努力。

6. The man walked into the house as _____ (quietly) as a mouse.

解答
1. better
2. more carefully
3. (the) earliest
4. more quickly
5. as; as
6. quietly

✏️ 成果實測

1. Cheetahs run _____ (fast) than _____ land animals.

2. Carl cried _____ (loudly) than _____ child in the room.

解答
1. faster; all the other
2. more loudly; any other

Lesson 9 頻率副詞

📝 什麼是頻率副詞？

　　頻率副詞是用來修飾動詞，說明某個動作、某個狀況或事件發生的「頻率」或「次數」的副詞。

📝 什麼時候要用頻率副詞？

❶ 描述動作發生的頻率時

▶ **We <u>always</u> have pizza for dinner.**

→ 我們總是吃披薩當晚餐。

❷ 表示動作發生的次數時

▶ **He brushes his teeth <u>twice a day</u>.**

→ 他一天刷兩次牙。

❸ 說明狀況出現的頻率時

▶ **She is <u>often</u> late for work.**

→ 她上班時常遲到。

📝 常用的頻率副詞

❶ 最常用來表示動作發生之「頻率」的6個副詞

1. always「總是」

　　發生率高達99%~100%

2. usually「經常」

　　發生率高達85%以上

3. often「時常」

　　用來表示發生頻率在75%左右的動作或事件

✏️ 成果實測

1. (　) I visit my grandma
　　　_____.
　　(A) two a week
　　(B) always
　　(C) once a week
　　(D) zero

解答
1. (C)

💡 注意

seldom, never, rarely, hardly, barely都是含有「否定意味」的頻率副詞，因此不能與no或not使用在同一個句子中。

例

He never talks to girls.
（他從來沒跟女生講過話。）

4. sometime「有時」

用來表示發生頻率約50%左右的動作或事件

5. seldom「很少；不常」

用來表示發生頻率約10%或更少的動作或事件

6. never「從未」

用來表示從來沒有發生過的動作或事件

❷ 其他表示頻率的副詞

generally 通常地	normally 按慣例地
constantly 固定地	repeatedly 反覆地
regularly 定期地	frequently 頻繁地
rarely 很少地	hardly 幾乎不
barely 幾乎沒有	

❸ 表示動作或事件發生「次數」之頻率副詞

> 次數＋時間範圍＝頻率副詞

次數後面加上固定的時間範圍，亦可以表示某個動作或事件所發生的頻率。

例 ▶

once a day 一天一次　　twice a week 一星期兩次

three times a year 一年三回

1. 表達次數的方式

once ＝ one time 一次

twice ＝ two times 兩次

thrice ＝ three times 三次

💡 **注意**

由一個單字以上組成的頻率副詞，即為副詞片語。

例

(every) now and then 有時，偶爾

now and again 有時

at times 有時

once in a while 偶爾

once or twice 一兩次

from time to time 偶爾

every day 每天

every week 每星期

📝 **成果實測**

圈出正確的頻率副詞

1. Most Americans (twice / daily / usually) shower in the morning.

2. I go to New York for vacation with my family (once/ each / every) a year.

3. No one can (always/ never/ seldom) win.

4. How (always / usually / often) do you visit your grandparents?

超過三次以上的次數，以「數詞＋times（次）」來表示即可。

例 ▶

    five times 五次　　　　many times 許多次

2. 其他表示固定次數的頻率副詞

    daily 每日一次地　　　　weekly 每週一次地
    monthly 每月一次地　　　seasonally 季節性地
    yearly 每年一次地　　　　annually 年度地

3. 表達「隔……一次」的方式

once ＋ another 時間單位

例 ▶

    once another day 兩天一次
    once another week 隔週一次
    once another month 隔月一次
    once another year 兩年一次

📝 頻率副詞的用法

❶ 頻率副詞通常放在be動詞之後，修飾當主詞補語的形容詞

主詞＋be動詞＋頻率副詞＋補語

▶ **My father is <u>always</u> <u>very busy</u>.**
             頻率副詞　　主詞補語

→ 我父親總是很忙。

▶ **The new student is <u>usually</u> <u>late for school</u>.**
                 頻率副詞　　　　主詞補語

→ 那個新生經常上學遲到。

---

5. We (sometimes/weekly / many times) cook dinner by ourselves.

✏️ **成果實測**

在句子中放入頻率副詞

1. He is late for school. (always)

_____

_____

2. We eat fast food for dinner. (often)

_____

_____

❷ 頻率副詞通常放在主要動詞之前，修飾動詞

┌─────────────────────┐
│ 主詞＋頻率副詞＋動詞 │
└─────────────────────┘

▶ **The little girl <u>never</u> <u>cries</u>.**
           頻率副詞　動詞

→ 這小女孩從來不哭。

▶ **We <u>often</u> <u>go shopping together</u>.**
      頻率副詞　　　　動詞片語

→ 我們時常一起去逛街。

❸ 頻率副詞片語通常放動詞或整個動詞片語之後

┌────────────────────────────────┐
│ 主詞＋動詞（動詞片語）＋頻率副詞片語 │
└────────────────────────────────┘

▶ **He <u>travels</u> <u>once in a while</u>.**
       動詞　　　　頻率副詞片語

→ 他偶爾旅行一次。

▶ **I <u>go to the piano class</u> <u>once a week</u>.**
       動詞片語　　　　　　頻率副詞片語

→ 我一星期上一次鋼琴課。

3. The students have PE class. (twice a week)

_____

_____

4. My parents take me to the zoo. (never)

_____

_____

5. The baby girl wears a smile on her face. (usually)

_____

_____

6. I walk the dog. (every day)

_____

_____

解答

1. He is always late for school.

2. We often eat fast food for dinner.

3. The students have PE class twice a week.

4. My parents never take me to the zoo.

5. The baby girl usually wears a smile on her face.

6. I walk the dog every day.

📓 詢問頻率的疑問句與答句

　　詢問某個動作、狀況、事件的發生頻率或次數時，經常用 How often 來做疑問句，意指「多常做某件事」、「多久……一次？」而遇到 How often 開頭的疑問句時，答句一定要確實提供有關「次數」或「頻率」的答案。

> How often ＋be動詞＋主詞＋補語？

疑問句：

▶ **How often is Jennifer late for work?**

→ Jennifer多久上班遲到一次？

(詳答：) **She is late nearly every day.** → 她幾乎每天遲到。

(簡答：) **Nearly every day.** → 幾乎每天。

> How often ＋助動詞＋主詞＋動詞

疑問句：

▶ **How often do you do the laundry?**

→ 你多久洗衣服一次？

(詳答：) **I do the laundry twice a week.**
　　　　→ 我一星期洗兩次衣服。

(簡答：) **Twice a week.** → 一週兩次。

Lesson 10 助動詞

📝 什麼是助動詞？

　　助動詞，顧名思義就是用來「幫助」動詞形成句子的詞。一般動詞想要表示「否定」、「疑問」，或是表現「時態」、「語態」以及增加「語氣」，都得要靠助動詞的幫助，才能達到目的。

📝 助動詞的功能與用法

❶ 幫動詞表示否定

> 助動詞＋not＋原形動詞

　　一般肯定句中的動詞，不需要助動詞的幫忙，但是當句子需要表示「負面」、「否定」的含義時，助動詞就會帶著not來幫動詞。

肯定句：
▶ **We speak English.** → 我們說英文。 ～～～～～～→ 肯定句時，動詞speak可以自己來。

否定句：
▶ **We do not speak English.** → 我們不說英文。 ～～～→ 否定句時，動詞無法自己表示否定，需要助動詞帶著not來幫忙。

❷ 幫動詞表示疑問

> 助動詞＋主詞＋原形動詞？

　　當句子要表示疑問時，需要助動詞來幫忙。助動詞會在句首帶頭，將整個句子變成疑問句。

直述句：
▶ **They play basketball.** → 他們打籃球。

疑問句：
▶ **Do they play basketball?** → 他們打籃球嗎？ ～～→ 表示疑問時，需要以助動詞為句首，形成疑問句。

否定疑問句：

▶ **Do they not play basketball?** → 他們不打籃球嗎？

如果是否定直述句，就直接把否定句中的助動詞移到句首。

❸ 幫動詞表現時態

助動詞有「現在式」、「過去式」、「未來式」、「完成式」之分，每一個助動詞都有自己負責的時態，各司其職地幫動詞表現時態。

現在式	過去式	未來式	完成式
be / am / is / are	was / were		
do / does	did		
can	could		
	would	will	
shall	should		
	had		have / has
may	might		

1. 時態為現在式的句子，要使用現在式的助動詞

▶ **He does not live here.** → 他不住在這裡。

▶ **I can go with you.** → 我可以跟你一起去。

2. 時態為過去式的句子，要使用過去式的助動詞

▶ **I did not say that.** → 我沒有說那句話。

▶ **She could not go out.** → 她不能出去。

3. 時態為未來式的句子，要使用未來式的助動詞

▶ **We will call you.** → 我們將會打電話給你。

4. 時態為完成式的句子，要使用完成式的助動詞

▶ **They have lived here for years.**
→ 他們已經住在這裡好幾年了。

5. 時態為進行式的句子，be動詞會幫忙把動詞變成現在分詞，形成進行式

▶ **The kids _are_ playing in the yard.**

→ 孩子們正在後院玩。

▶ **We _were_ just talking about you.**

→ 我們剛剛正聊到你呢！

❹ 幫動詞表現語態

英文句子可以分為「主動語態」與「被動語態」兩種。當句子需要表現「被動語態」時，就需要be動詞幫忙把主要動詞變成過去分詞，形成被動語態。

▶ **The book _is_ written in English.**

→ 這本書是以英語書寫的。

▶ **I _was_ told to come here at eight o'clock.**

→ 我被告知要在八點到這裡。

❺ 幫動詞增加語氣

一般肯定直述句並不需要助動詞的幫助，但是當句子需要「加強語氣」時，還是需要助動詞出來助一臂之力。

▶ **I love you.** → 我愛你。

▶ **I _do_ love you.** → 我的確是愛你的。 ～～～→ 加上助動詞的肯定句，讓動詞的語氣顯得更強烈

❻ 取代已經出現過的動詞

當同一個動詞前面已經使用過時，為了避免重複，會用助動詞來代替已經出現過的動詞。

▶ **Do you eat eggplants?** → 你吃茄子嗎？

▶ **Yes, I _do._** → 是的，我吃。 ～～～→ 答句中以助動詞do取代問句中eat eggplants（吃茄子）這個動詞片語，以避免重複。

📋 情態助動詞

除了be動詞、do/does/did及have/has/had之外，其他的助動詞都同時具有表達情緒或態度等意識的功能，因此也可將它們分類為「情態助動詞」。

表示「能力」	can, could
表示「必須」	should, must, need
表示「可能」	can, could, may, might
表示「允許」	can, could, may
表示「意願」	will, would
表示「提議」	shall, should
表示「客氣」	could, would
表示「義務」	should
表示「請求」	can, could, will, would

情態助動詞使用在句型中的基本用法：

> 肯定或直述句：主詞＋助動詞＋原形動詞
> 否定句：主詞＋助動詞＋not＋原形動詞

❶ can / could

這組助動詞可以表示「能力」、「允許」、「可能」、「請求」等含義。could為can的過去式，除了使用在過去式的句子中，也可以用在現在式的句子中，傳達「委婉客氣」的請求。

◆ 表示「能力」→ I <u>can</u> speak five languages.
（我會說五種語言。）

◆ 表示「允許」→ You <u>can't</u> come in now.
（你現在不可以進來。）

◆ 表示「可能」→ Strangers <u>can</u> be dangerous.
（陌生人可能很危險。）

💡注意

● would的其他用法

1. would like = want，表示「想要」。

054

◇ 表示「請求」→ Can you help me?
（你可以幫幫我嗎？）
◇ 表示「委婉請求」→ Could you do me a favor?
（你能否幫我一個忙？）

❷ will / would

除了表示「未來式」時態之外，這組助動詞也有表示「意向」、「承諾」、「決心」或「意願」等含義。would是will的過去式，除了使用在過去未來式中，也可以使用在現在式表示「謙恭請求」或「決心、意願」。

◇ 表示「未來動作」→ The party will start at seven.
（派對將在七點開始。）
◇ 表示「過去的未來動作」→ I thought it would rain.
（我以為會下雨。）
◇ 表示「未來意志」→ We will go to the party.
（我們將會去派對。）
◇ 表示「承諾」→ I will never do it again.
（我不會再做這種事了。）
◇ 表示「委婉請求」
→ Would you mind turning down the TV?
（你介意把電視關小聲一點嗎？）
◇ 表示「決心、意願」
→ I would wait until you come back.
（我會一直等到你回來為止。）

❸ shall / should

這組助動詞可以表示「提議」、「義務」等含義。should是shall的過去式，但經常使用在現在式及其他時態中，表示「應該」；should也可以用來表示「萬一……」的假設語氣。而shall則通常用來表示「提議」。

◇ 表示「提議」→ Shall we dance?
（我們要不要跳舞？）

例

I would like a cup of tea.
→ 我想要一杯茶。

Would you like to go with us?
→ 你想跟我們一起去嗎？

2. would rather，表示「寧願」。

(1) would rather後面接原形動詞，表示「寧願做某事」。

例

I would rather go with you.
→ 我寧願跟你一起走。

(2) would rather與than連用可以將「做兩件事的意願」做比較，表示「寧可做動作A，也不願做動作B」。

例

I would rather go with you than stay here.
→我寧願跟你一起走，也不想留在這裡。

📝 成果實測

1. (　) I _____ to invite Mary to my party.
   (A) would
   (B) had better
   (C) would like
   (D) cannot

解答
1. (C)

表示「現在義務」→ You should tell the truth.
（你應該説實話。）

表示「未來決心」
→ We shall never mention it again.
（我們別再提起這件事了。）

表示「假設」
→ Should you have any questions, call me.
（萬一你有任何問題，就打電話給我。）

用在完成式，表示「應做而未做」
→ You should have come.（你應該要來的。）

❹ may / might

這組是用來表示「允許」、「推測」或「可能性」等含義的助動詞。might是may的過去式，但也可以用在現在式，表示「或許」。

表示「可能性」→ You may be right.
（你可能是對的。）

表示「允許」→ You may sit down.（你可以坐下了。）

表示「推測」→ He might have been dead.
（他很可能已經死了。）

❺ must

must是可以用來表示「義務」、「推斷」的助動詞，有「一定要……」的含義，而否定式must not則為有禁止動作：「不行、不可以」的意思。

表示「義務」→ You must do it now.
（你一定要現在就做。）

表示「推斷」→ The kids must be hungry.
（孩子們一定餓了。）

表示「禁止」→ You mustn't tell lies.
（你一定不可以説謊。）

💡 注意

• may的其他用法
may可以放在句首，表示祝福。

例
May your dreams come true.
（祝你美夢成真。）

✏️ 成果實測

1. (　) _____ you have
a merry Christmas.
(A) Had　(B) May
(C) Must　(D) Should

解答
1. (B)

💡 注意

回答以must為句首的疑問句時，要依不同的意思回答。

例
Must I wear this?
（我一定要穿這件嗎？）

• 肯定回答：
Yes, you must.
（對，你一定要。）

• 否定回答：
No, you don't have to.
（不，你不一定要。）

No, you mustn't.
（不，你不可以。）

❻ have / has / had

have/had 這組助動詞除了可以表示「完成式」時態之外，也可以用來表示「義務」、「建議」等含義。

1. have/has/had與to連用，表示「必須；一定要」

▶ **You have to eat something.**
→ 你一定要吃點東西。

▶ **We don't have to stay here.**
→ 我們不必留在這裡。

2. had與better 連用，表示「最好……」，常用來提供建議

肯定建議：had better ＋原形動詞
否定建議：had better not ＋原形動詞

▶ **I had better go now.** → 我最好現在走。

▶ **You had better not be late.** → 你最好別遲到。

had也常與前面的主詞縮寫。

▶ **I had better = I'd better** → 我最好……

▶ **you had better = you'd better** → 你最好……

成果實測

1. (　) You _____ not be late for the meeting tomorrow.
   (A) had　(B) must
   (C) could　(D) are

2. Nina: Must I eat the whole dish?
   Mom: No, you don't ____ _____.

3. It's pretty late. We ____ _____ go home now.

解答
1. (B) 2. have to
3. had better

注意

have to（必須）
＝ must（必須）

例

She had to clean the room.
→ 她必須打掃房間。

＝ She must clean the room.
→ 她一定要打掃房間。

not have to（不必）
≠ must not（不可）

例

They don't have to win.
→ 他們不必贏。

≠ They must not win.
→ 他們不可以贏。

Lesson11 不定詞與動名詞

📓 什麼是不定詞？

　　不定詞是一種動狀詞，也就是看起來很像動詞，卻具有「名詞」、「形容詞」、「副詞」等不同性質的詞類，可以在句子裡扮演「主詞」、「受詞」、「補語」的角色，可謂十分地多功能。

📓 不定詞的形式

　　不定詞之所以看起來像動詞，是因為它是由「to＋原形動詞」所組合而成的。

▶ **I don't want <u>to go</u>.** → 我不想去。

▶ **They like <u>to stay</u> here.** → 他們喜歡待在這裡。

📓 不定詞的用法

❶ 做名詞用

1. 做句子的主詞

　　不定詞作主詞時，視為一個不可數名詞，因此動詞必須使用單數動詞。

▶ <u>**To leave here**</u> **is impossible.**
　　→ 要離開這裡，是不可能的。

▶ <u>**To see her**</u> **makes me nervous.**
　　→ 要見到她，使得我很緊張。

　　當不定詞為句子的主詞時，我們常會用it來代替不定詞作為句子的「虛主詞」（也就是假的主詞），並把真正的主詞（不定詞）移到句子後面。

🖊 成果實測

1. (　) _____ is my dream _____ around the world.

　(A) It; travel

　(B) There; to travel

　(C) It; to travel

　(D) There; traveling

▶ **To cheat is wrong.** → 作弊是不對的。

　　真主詞

= **It is wrong to cheat.**

虛主詞　　　　　　　真主詞

▶ **To stand here makes me nervous.**

　　真主詞

→ 站在這裡讓我很緊張。

= **It makes me nervous to stand here.**

虛主詞　　　　　　　　　　　　真主詞

2. 做動詞的受詞

不定詞可以接在動詞後面，作為動詞的受詞。

▶ **Peter wants to go.** → Peter想去。

　　　　　　受詞

▶ **You need to sleep.** → 你需要睡個覺。

　　　　　　受詞

❷ 做形容詞用

一般形容詞是放在名詞前面，而不定詞做形容詞時，是放在名詞後面。

▶ **I have something to say.** → 我有話要說。

▶ **The man needs a place to live.**
　　→ 男子需要有個地方住。

❸ 做副詞用

1. 不定詞可以放在動詞後，修飾動詞，以表示動作的「目的」。

▶ **He sat down to rest.** → 他坐下來休息。

▶ **They all go out to help.** → 他們全都出去幫忙。

依提示改寫句子

2. Our dream is to live by the river.（以虛主詞it為句首）

_____

_____

解答

1. (C)

2. It is our dream to live by the river.

to rest（休息）修飾動詞片語sit down，表示坐下來的目的是為了休息。

to help（幫忙）修飾動詞片語go out，表示出去的目的是為了幫忙。

2. 不定詞可以放在形容詞後，修飾形容詞。

▶ **I am glad to see you.** → 我很高興見到你。

▶ **We were excited to watch the game.**
　→ 看比賽讓我們很興奮。

📝 **什麼是動名詞？**

　　動名詞也是一種動狀詞，也就是看起來很像動詞，其實卻是具有「名詞」性質的詞類，可以在句子裡扮演「主詞」、「受詞」和「補語」的角色。

📝 **動名詞的形式**

　　動名詞之所以看起來像動詞，是因為它是由「原形動詞＋ing」所形成的。動名詞的形式與動詞的現在分詞相同。（原形動詞變化成現在分詞的方式請見〈現在進行式〉的說明）

例 ▶ see＋ing＝seeing　　drive＋ing＝driving
　　swim＋ing＝swimming　　die＋ing＝dying

📝 **動名詞的用法**

　　動名詞，顧名思義就是個看起來像動詞的「名詞」。而名詞一般可以作為句子的主詞、補語和受詞。

❶ **做句子的主詞**

　　動名詞作主詞時，視為一個不可數名詞，因此動詞必須使用單數動詞。

▶ **Seeing is believing.** → 眼見為憑。
　　主詞

▶ **Smoking harms your health.** → 抽菸有害你的健康。
　　主詞

---

to see you（見到你）修飾形容詞glad，表示「見到你」是「高興的」。

to watch the game（觀看比賽）修飾形容詞excited，表示「看比賽」是「很興奮的」。

📝 **成果實測**

1. (　) Walking ＿＿＿＿
　　good for health.
　(A) are　　(B) be
　(C) is　　(D) were

2. It is good to have enough sleep.（以動名詞為句首）

＿＿＿＿＿＿＿＿＿＿
＿＿＿＿＿＿＿＿＿＿

解答
1. (C)
2. Having enough sleep is good.

❷ 做主詞的補語

不定詞可以放在be動詞後，作為主詞的補語，修飾主詞。

▶ **My job is teaching.** → 我的工作是教書。

　　主詞　　　　主詞補語

▶ **Teaching is learning.** → 教學相長。

　　主詞　　　　　主詞補語

❸ 做動詞的受詞

不定詞可以接在動詞後面，作為動詞的受詞。

▶ **Mary likes dancing.** → Mary喜歡跳舞。

　　　　動詞　　受詞

▶ **Please stop talking to me.** → 請別再跟我說話。

　　　　　動詞　　　　受詞

不定詞與動名詞的關係

當不定詞做「名詞」用時，可以與動名詞互換使用。

❶ 當句子的主詞

▶ **To see is to believe.** → 眼見為憑。

= Seeing is believing.

▶ **To be a singer is my dream.**

= Being a singer is my dream.

→ 成為歌手是我的夢想。

成果實測

1. (　) Do you want to
　　_____ with me?

　(A) play　　(B) plays

　(C) played　(D) playing

2. (　) _____ is to learn.

　(A) Believe

　(B) To believe

　(C) Believes

　(D) Believed

❷ 當主詞的補語

　　動名詞可以接在be動詞後，作為修飾主詞的補語。

　▶ **My hobby is <u>to collect coins</u>.**

　= **My hobby is <u>collecting coins</u>.**

　→ 我的嗜好是蒐集硬幣。

　▶ **His mission is <u>to protect the senator</u>.**

　= **His mission is <u>protecting the senator</u>.**

　→ 他的任務是保護議員。

❸ 當動詞的受詞

主詞＋動詞＋	不定詞 動名詞

1. 動詞後面接「動名詞」或「不定詞」當受詞，且意義相同。

　▶ **You can start <u>to speak</u>.**

　= **You can start <u>speaking</u>.**

　→ 你可以開始說話了。

　▶ **We love <u>to sing</u>.**

　= **We love <u>singing</u>.**

　→ 我們很愛唱歌。

　　接動名詞或不定詞意義都相同的常用動詞：

want（想要）	love（喜愛）	like（喜歡）
continue（繼續）	hate（討厭）	prefer（較喜歡）
begin（開始）	start（開始）	

依提示改寫句子

3. To learn English is important. （將不定詞改為動名詞）

_____

4. I love to dance very much. （將不定詞改為動名詞）

_____

_____

5. I am excited meeting you all. （將動名詞改為不定詞）

_____

_____

解答

1. (A) 2. (B)

3. Learning English is important.

4. I love dancing very much.

5. I am excited to meet you all.

2. 動詞後面接「動名詞」或「不定詞」當受詞，但兩者含義不同。

stop（停止）	stop＋不定詞＝停下來去做某件事
	stop＋動名詞＝停止做某事

▶ **She stopped to talk.** → 她停下來說話。

表示停下原本正在做別的事，開始說話。

▶ **She stopped talking.** → 她停止說話。

表示原本在說話，但停止不再繼續說。

remember（記得）	remember＋不定詞＝記得要去做某件事
	remember＋動名詞＝記得做過某件事

▶ **I remember to call him.**

→ 我記得要打電話給他。

表示記得要做「打電話給他」這件事。電話還沒打。

▶ **I remember calling him.**

→ 我記得有打電話給他。

表示記得「打過電話給他」這件事。電話已經打過了。

forget（忘記）	forget＋不定詞＝忘記去做某件事
	forget＋動名詞＝忘記做過某件事

▶ **Mom forgot to pay the bill.**

→ 媽媽忘記繳帳單。

表示忘記要做「繳帳單」這件事。結果是沒有繳帳單。

▶ **Mom forgot paying the bill.** → 媽媽忘記繳過帳單了。

表示忘記「繳了帳單」這件事。結果是有繳帳單，只是忘記做過這件事。

✏️ **成果實測**

1. ( ) Stop ＿＿＿ chips! Don't you know it's high in calories?

 (A) to eat (B) eating

 (C) eat   (D) eats

2. ( ) Don't forget ＿＿＿ your card when you visit the clients.

 (A) bring

 (B) brings

 (C) to bring

 (D) bringing

解答
1. (B) 2. (C)

📝 只能接動名詞當受詞的動詞

❶ 有些動詞後面不能接不定詞當受詞，只能接動名詞

keep（繼續）	enjoy（享受；喜愛）	mind（介意）
finish（完成）	avoid（避免）	quit（戒斷）

▶ **Let's keep walking.** → 我們繼續走吧。

▶ **I enjoyed watching the performance very much.**

→ 我非常喜歡看這場表演。

❷ 只能接動名詞當受詞的動詞片語

go on（繼續）	give up（放棄）
be used to（習慣於）	look forward to（期待）

▶ **Don't give up trying.** → 別放棄嘗試。

▶ **I look forward to seeing you.** → 我很期待見到你。

NOTE

Lesson 12 分詞形容詞

什麼是分詞形容詞？

與不定詞及動名詞一樣，分詞形容詞也是一種由動詞變化而來的動狀詞。分詞有「現在分詞」與「過去分詞」兩種，兩者都可以做「形容詞」修飾名詞，或在句子中作為主詞或受詞的補語。

現在分詞形容詞

現在分詞形容詞，顧名思義就是拿動詞的現在分詞來做形容詞用，其形式是由原形動詞＋ing所組合而成的。變化方式請見〈現在進行式〉的動詞變化說明。

例▶ sleep＋ing＝sleeping　　move＋ing＝moving
　　hop＋ing＝hopping　　die＋ing＝dying

❶ 現在分詞形容詞的用法

1. 做形容詞用：現在分詞形容詞可以放在名詞前修飾名詞。

> 現在分詞＋名詞

例▶ a **rolling stone** → 一顆滾動的石頭
　　a **running horse** → 一匹奔跑中的馬
　　a **moving car** → 一輛行駛中的汽車
　　a **dying man** → 一位快死掉的男子

2. 做補語用：用現在分詞形容詞也可以放在句子中做補語。

> 主詞＋連綴動詞＋現在分詞

▶ **The job is tiring.** → 這工作很累人。

▶ **The movie sounds interesting.**
　→ 這電影聽起來很有趣。

從動詞tire（使疲累）變來的現在分詞形容詞tiring（累人的）放在be動詞後修飾主詞the job。

從動詞interest（使產生興趣）變來的現在分詞形容詞 interesting（有趣的）放在連綴動詞sound後修飾主詞the movie。

📓 過去分詞形容詞

過去分詞形容詞，顧名思義就是拿動詞的過去分詞來作形容詞用。其形式就是動詞的過去分詞，由原形動詞變成過去分詞的變化方式請見〈動詞三態〉的動詞變化說明。

例▶open（打開）→ opened （打開的）
close（關閉）→ closed （闔上的）
break （破壞）→ broken （壞掉的）

❶ 過去分詞形容詞的用法

過去分詞形容詞含有「被動」或「已經成為某種狀態」的含義。如動詞injure意指「使受傷」，過去分詞 injured 當形容詞時，除了可以形容「受傷的」人或動物之外，也有表示該人或動物是「被弄傷」的含義。

1. 做形容詞用：過去分詞形容詞可以放在名詞前修飾名詞。

> 過去分詞＋名詞

例▶an injured soldier （一位受傷的士兵）
a broken window （一扇破掉的窗戶）
a frightened child （一個被嚇壞的孩子）
a married man （一位已婚的男子）

2. 做補語用：過去分詞形容詞也可以放在句子中做補語。

> 主詞＋連綴動詞＋過去分詞

▶ **The bicycle is fixed.** → 腳踏車修理好了。

▶ **The kids seemed excited.** → 孩子們顯得很興奮。

從動詞fix（修理）變來的過去分詞形容詞fixed（修好的）放在be動詞後修飾主詞the bicycle。

從動詞excite（使興奮）變來的過去分詞形容詞excited（興奮的）放在連綴動詞seem後修飾主詞the kids。

現在分詞形容詞與過去分詞形容詞的比較

現在分詞形容詞與過去分詞形容詞都是動詞變來的形容詞，但是含義及使用時機卻不一樣。

❶ 含義不同

現在分詞形容詞具有主詞「主動」執行動作，表示「處於進行狀態」的含義；過去分詞形容詞則有主詞「被動」接受動作結果，表示「已經處於結果狀態」的含義。

現在分詞形容詞	過去分詞形容詞
opening（開啟中的）	opened（已開啟的）
recovering（康復中的）	recovered（已康復的）
burning（正在燃燒中的）	burned / burnt（已燒毀的）
improving（改善中的）	improved（已改善的）

例1▶an opening door 指「正在開啟中的」門
　　an opened door 指「已經開啟的」門
例2▶a burning house 指「正在燃燒中的」房子
　　a burnt house 指「已經燒毀的」房子

成果實測

1. (　) He held the _____ baby in his arms.
   (A) crying (B) cried
   (C) cries   (D) cry

填入正確的分詞形容詞
2. Wash the vegetables with _____ (run) water.
3. Little Kevin came home with an _____ (injure) puppy.
4. Shh. Don't wake the _____ (sleep) baby.
5. Don't touch the _____ (break) vase. You might hurt yourself.
6. They gave me a _____ (surprise) party. I was really _____ (surprise).

解答
1. (A)
2. running
3. injured
4. sleeping
5. broken
6. surprising / surprised

❷ 形容情緒或感受時

現在分詞形容詞用來描述「人或事物」所帶給他人的感受；過去分詞形容詞則用來描述主詞自己本身對受詞所產生的感受。

現在分詞形容詞	過去分詞形容詞
interesting（令人感到有趣的）	interested（感到有趣的）
confusing（令人感到困惑的）	confused（感覺困惑的）
exciting（令人感到興奮的）	excited（感覺興奮的）
boring（令人感到無聊的）	bored（感到無聊的）
tiring（令人感到疲累的）	tired（感覺疲累的）
surprising（令人感到驚喜的）	surprised（感到驚喜的）

例1

▶ **Mike is an <u>interesting</u> person.** → Mike是個有趣的人。

interesting描述的是「他人」對Mike的感覺

▶ **Mike is <u>interested</u> in math.** → Mike對數學很感興趣。

interested描述的主詞是Mike「自己」的感覺

例2

▶ **I had a <u>tiring</u> day.** → 我過了很疲累的一天。

tiring描述的是讓「他人」感到疲倦的一天

▶ **I feel very <u>tired</u> now.** → 我現在覺得很累。

tired描述的是主詞我「自己」的感覺

✏ 成果實測

1. ( ) The movie is so _____ that I almost fell asleep.

   (A) boring

   (B) bored

   (C) tired

   (D) exciting

2. ( ) After jogging for one hour, I'm so _____ now.

   (A) tiresome

   (B) tiring

   (C) tire

   (D) tired

解答
1. (A) 2. (D)

Unit 2
句子與片語

Lesson1 片語

📝 什麼是片語？

　　片語是一組沒有主詞與動詞的字，片語本身不具備完整的意思，因此只能加上動詞或含有動詞的其他片語，才能變成有意義的句子。如the teacher是定冠詞the與名詞teacher所組合成的名詞片語，要加上動詞如laugh，才能變成有意義的句子：The teacher laughed.（老師笑了）。

📝 片語的種類

❶ 名詞片語

　　具有名詞性質的片語，可作為句子的主詞、受詞、補語或同位語。

1. 以限定詞及形容詞修飾的名詞

　▶ **A handsome young man came to help.** ～～～▶ 名詞片語作為句子的主
　　　　　　　名詞片語　　　　　　　　　　　　　　詞。
　→ 一名英俊的年輕人來幫忙。

　▶ **He is the famous popular singer.** ～～～～▶ 名詞片語作為主詞的補
　　　　　　　　名詞片語　　　　　　　　　　　　語。
　→ 他就是那個出名的流行歌手。

　▶ **Jennifer, a beautiful and talented actress,**
　　　　　　　　　　名詞片語　　　　　　　　　　～▶ 名詞片語作為主詞的同位
　　　　　　　　　　　　　　　　　　　　　　　　　語。
　　will play the role.
　→ Jennifer，一名美麗又有才華的女演員，將會出演這個
　　角色。

　▶ **I came across a difficult math question.** ～～▶ 名詞片語作為片語動詞
　　　　　　　　　　名詞片語　　　　　　　　　　　came across的受詞。
　→ 我遇到一個困難的數學題。

2. 動名詞片語：以動名詞為首，扮演名詞角色的片語

▶ **Exercising regularly makes you healthy.** → 動名詞片語作為主詞。

　　　動名詞片語

→ 規律運動讓你健康。

▶ **I really enjoyed reading the book.** → 動名詞片語作為動詞enjoy 的受詞。

　　　　　　　　　動名詞片語

→ 我真的很喜歡讀這本書。

3. 不定詞片語：以不定詞為首，扮演名詞角色的片語

▶ **My biggest dream is to become a writer.** → 不定詞作為主詞的補語。

　　　　　　　　　　　不定詞片語

→ 我最大的夢想就是成為一個作家。

▶ **Your strength, to make friends easily, can help** → 不定詞作為主詞的同位語。

　　　　　　　不定詞片語

you adapt to the new environment very fast.

→ 你容易交朋友的優點，可以幫助你很快地適應新環境。

❷ 形容詞片語

　具有形容詞性質的片語，可用來修飾名詞或作為主詞補語。

1. 由數個形容詞所構成的片語

▶ a **generous American old** lady

→ 一位慷慨的美國老太太

▶ a **lovely warm sunny** day

→ 一個美好溫暖的晴天

🖊 **成果實測**

1. (　) I am interested in

　　　_____.

　(A) to read books

　(B) at nine o'clock

　(C) in the kitchen

　(D) listening to music

2. (　) _____ the game makes me excited.

　(A) Watch

　(B) Watched

　(C) Watching

　(D) Watches

2. 由程度副詞做修飾的形容詞片語

> ► a <u>very lazy</u> student → 一位非常懶惰的學生

> ► feel <u>terribly sorry</u> → 感覺萬分抱歉的

3. 由連接詞連接形容詞所成的形容詞片語

> ► a <u>rich but stingy</u> businessman

> → 一位富有卻吝嗇的生意人

> ► a <u>kind, caring and thoughtful</u> neighbor

> → 一位親切、有愛心且善體人意的鄰居

4. 由「形容詞＋介系詞＋受詞」所構成的形容詞片語

> ► The box is <u>full of</u> food. ⟿

> → 箱子裡是滿滿的食物。

> ► I am <u>afraid of</u> snakes. → 我怕蛇。 ⟿

❸ **動詞片語**

　　具有動詞性質的片語，通常由助動詞及動詞／片語動詞組成。

> ► is playing → 正在玩

　　由be動詞＋動詞play的現在分詞所組成的動詞片語

> ► does not get up → 沒起床

　　由否定助動詞＋片語動詞get up所組成的動詞片語

> ► have already finished → 已經完成

　　由助動詞＋副詞already及動詞finish的過去分詞所組成的動詞片語

3. (　) My new neighbors
　　are ＿＿＿＿.
　　(A) friendly, easygoing
　　　　and kind
　　(B) much more quickly
　　(C) at three o'clock in
　　　　the morning
　　(D) invite us to dinner

解答
1. (D) 2. (C) 3. (A)

full of sb./sth. 為表示「充滿了……」的形容詞片語。

afraid of sb./sth. 為表示「害怕……」的形容詞片語。

💡注意

片語動詞與動詞片語的差別

片語動詞：

由動詞＋介系詞所組成，有「可分片語動詞」如pick up與「不可分片語動詞」如take care of 之分。

動詞片語：

由助動詞＋動詞（或片語動詞）所組成，用來表示時態、否定、疑問或語態等如：can't believe（不能相信）、will look after（將會照顧）。

❹ 副詞片語

具有副詞性質的片語，可以用來修飾動詞或是形容詞。

1. 一般副詞片語

由程度副詞＋副詞組成的副詞片語

▶ **argued <u>quite loudly</u>** → 爭執地相當大聲

▶ **explained <u>much more clearly</u>**
　→ 解釋地清楚得多了

由連接詞連接數個副詞而成的副詞片語

▶ **answered quickly and correctly**
→ 回答地快速又正確

▶ **drive carefully but too slowly**
→ 駕駛地很小心卻太慢了

2. 介系詞片語

由介系詞＋名詞（或名詞片語）所組成的副詞片語

▶ **to leave <u>in a hurry</u>** → 匆忙地離開

▶ **to laugh <u>with tears in her eyes</u>**
　→ 眼中帶著淚地笑著

由介系詞＋時間名詞所組成的時間副詞片語

▶ **in five minutes** → 在五分鐘後

▶ **during the vacation** → 在假期期間

由介系詞＋地點名詞組成的地方副詞片語

▶ **in the living room** → 在客廳

▶ **outside the restaurant** → 在餐廳外面

🖉 **成果實測**

1. (　) There is a tree _____ my house.
  (A) in front of
  (B) as well as
  (C) to get out of
  (D) full of

配合題

2. _____ in five minutes.
3. Ms. Lin is _____.
4. _____ is not nice.
5. I found the cat _____.
6. Your mother _____.

(A) Laughing at your friends
(B) is waiting outside
(C) a strict but caring teacher
(D) The meeting will begin
(E) in the kitchen

解答
1. (A) 2. (D) 3. (C)
4. (A) 5. (E) 6. (B)

3. 不定詞片語

不定詞片語除了是名詞片語，也可以做副詞用

► **He decided to quit smoking.** → 他決定戒菸。

► **The students studied hard to pass the exam.**

→ 學生們為了通過考試用功讀書。

❺ 連接詞片語

具連接詞性質與功能的片語，可以用來連接句子中的字或詞組，以承接上下文的關係，或表示強調及轉折等語氣。

► **He is a writer as well as an artist.**

→ 他是個作家也是個藝人。

► **We went camping in spite of rain.**

→ 儘管下雨，我們還是去露營了。

常用的連接詞片語

as well as （也，而且）	in addition to （除……之外）
regardless of （不管）	apart from / aside from（除了）
in spite of（儘管）	not only ... but also ...（不僅……而且）

不定詞片語to quit smoking修飾動詞decide，表動詞的目的。

不定詞片語to pass the exam修飾動詞片語study hard，表動詞的目的。

🖉 成果實測

1. （　）It is so wrong _____
   (A) young and healthy
   (B) telling a lie like that
   (C) in the spring of 2009
   (D) full of people

解答
1. (B)

Lesson 2 五大基本句型

什麼是句子？

一個完整的句子，最基本的元素就是主詞與動詞。有了主詞與動詞，才能算是意義完整的句子，如bird指「鳥」，fly指「飛」，兩者獨立來看都只有字面上的意思，但是合在一起Birds fly.（鳥兒飛）就是一個具有完整意義的句子。

主詞 (S) + 動詞 (V)

主詞與動詞為句子的兩大最基本元素。

當動詞是不及物動詞，如lie, leave, dance, sing等時，後面不接受詞也能表達完整意義。

▶ **Simon lied.** → Simon說謊了。
　名詞當主詞　動詞

▶ **They left.** → 他們離開了。
　代名詞當主詞　動詞

任何具有名詞性質，無論是單字名詞、複合名詞或片語，都可以作為句子的主詞；同樣地，任何具有動詞性質，無論是單字動詞、片語動詞或動詞片語，都可以作為句子的動詞。

▶ **My right arm hurts.** → 我的右手臂會痛。
　名詞片語當主詞　　　動詞

▶ **The little girl fell down.** → 小女孩跌倒了。
　名詞片語當主詞　　片語動詞

▶ **Skipping breakfast won't help.**
　動名詞片語當主詞　　　動詞片語

→ 不吃早餐也沒用。

1. ( ) Oh my god. Why did nobody tell me they _____?
   (A) kiss　　(B) kissed
   (C) kissing　(D) kisses

2. ( ) I wish I could _____.
   (A) help　　(B) helped
   (C) helping　(D) helps

3. ( ) Using a hair dryer at midnight is not _____.
   (A) allow
   (B) allowed
   (C) allowing
   (D) allows

解答
1. (B) 2. (A) 3. (B)

📝 主詞(S) + 動詞 (V) + 受詞(O)

當動詞是及物動詞，如 tell, watch, hear 等詞時，後面一定要接受詞，才能使整個句子意義完整。

只要具有名詞性質的單字或片語，都可以放在動詞後面做受詞。

▶ **We   can't hear   you.** → 我們聽不到你的聲音。
    主詞   動詞片語   受詞

▶ **The boy picked up   the trash.**
      主詞   片語動詞   名詞片語當受詞
→ 男孩把垃圾撿起來。

📝 主詞 (S) + 動詞 (V) + 主詞補語(S.C)

當動詞為連綴動詞（如be動詞或感官動詞）時，後面可接名詞（包括代名詞和各種具名詞性質的片語）與形容詞（包括形容詞片語）當補語。（有關此句型詳細介紹請見〈連綴動詞〉章節）

▶ **That's   me.** → 那就是我。
   主詞＋be動詞縮寫   代名詞受格當補語

▶ **It   seems   a great idea.**
    主詞   連綴動詞   名詞片語當補語
→ 它似乎是個很棒的點子。

▶ **The girl   is   very pretty.** → 那女孩非常漂亮。
     主詞   be動詞   形容詞片語當補語

📝 主詞 (S)＋動詞 (V)＋受詞1(O1)＋受詞2(O2)

當動詞為授與動詞（如give/bring等）時，動詞後面可接直接受詞與間接受詞。（有關此句型詳細介紹請見〈授與動詞〉章節）

▶ **He gave me some money.** → 他給了我一些錢。
           受詞1   受詞2

1. (　) My mother ＿＿＿ cook.
   (A) is   (B) good
   (C) can   (D) her

2. (　) The boy is reading ＿＿＿＿.
   (A) read   (B) dance
   (C) she   (D) a book

3. (　) You look ＿＿＿＿!
   (A) great (B) a princess
   (C) that (D) she

4. (　) Can you lend ＿＿＿ some money?
   (A) I   (B) me
   (C) my   (D) mine

5. (　) He always makes me ＿＿＿＿.
   (A) laughing
   (B) laugh
   (C) laughs
   (D) laughed

解答
1. (C) 2. (D) 3. (A)
4. (B) 5. (B)

= He gave <u>some money</u> to <u>me</u>.

　　　　　　　　　直接受詞　　　　間接受詞

→ 他把一些錢給了我。

主詞(S)＋動詞(V)＋受詞(O)＋受詞補語(O.C)

　　只要是名詞或形容詞，無論是單字、片語或子句，都可以作為受詞的補語，使受詞的意義更完整。

▶ **Everyone calls <u>me</u> <u>Ray</u>.** → 大家都叫我Ray。

　　　　　　　　　　　　　　受詞　專有名詞做受詞補語

▶ **She found <u>the man</u> <u>injured</u>.**

　　　　　　　　　　　　受詞　　　過去分詞形容詞做受詞補語

→ 她發現男子受傷了。

▶ **You made <u>all of us</u> <u>proud</u>.** → 你讓我們很驕傲。

　　　　　　　　　　　　受詞　　　形容詞做受詞補語

🖊 成果實測

1. (　) I'm so broke. Could you lend ＿＿＿＿ some money?

　(A) I　　　(B) me

　(C) myself　(D) mine

2. (　) Please keep the door ＿＿＿＿ for me.

　(A) open

　(B) opens

　(C) opening

　(D) opened

解答

1. (B) 2. (A)

NOTE

Lesson 3 there be句型

there的用法

❶ 當副詞

there當副詞，表示「在那裡；到那裡」。

▶ **My father lives there.** → 我父親住在那裡。

❷ 當名詞

there當名詞，表示「那個地方」。

▶ **Let's find a parking space near there.**

→ 我們在那個地方附近找個停車位。

❸ 當句子的「虛主詞」

there be的句型，就是把there做句子的主詞，表示「人或事物的存在」。

▶ **There is a lot of money in this envelope.**

→ 這個信封袋裡有很多錢。

什麼時候會使用there be句型？

❶ 說明某個範圍裡有人事物的存在

▶ **There are five people in my family.**

→ 我家有五個人。

❷ 說明某地有某物

▶ **There is a cat behind the sofa.**

→ 沙發後面有一隻貓。

There be的基本句型

| There + | is/was + | 單數可數名詞
不可數名詞 | + 地點 |
| | are/were + | 複數名詞 | |

當表示「某處有……」時，真正的主詞是「地點」，但是地點並不是人或動物，無法主動「有」，於是借用there來作為句子的「假主詞」。因此there be的句型，就是用來表示「某地或某處有……」，以說明「人或事物的存在」。

一般be動詞的句子，be動詞是隨著前面的主詞做變化，但是there在這裡只是假的主詞，be動詞的變化要依後面的名詞以及時態來決定。

▶ **There is an elephant under the tree.**

        單數可數名詞

→ 樹下有一隻大象。

▶ **There was some money in my pocket.**

        不可數名詞

→ 我的口袋裡曾有些錢。

▶ **There are 450 students in this school.**

        複數名詞

→ 這所學校有四百五十位學生。

4. 這信封裡有很多錢。

_____ a lot of
money in this envelope.

5. 廁所裡有人。

_____ someone
in the bathroom.

解答
1. There is
2. There are
3. There are
4. There is
5. There is

Lesson 4 疑問句

什麼是疑問詞？

疑問詞，也稱作疑問代名詞，是用來詢問「具體」答案的詞類，如what問的是「事物」、who問的是「身份」、why問的是「原因」、how問的是「方式」、where問的是「地點」，而when問的是「時間」。遇到以疑問詞為句首的疑問句，不能以yes/no回答，而是必須針對疑問詞的性質提供答案。

疑問詞疑問句的句型

$$疑問詞 + \begin{Bmatrix} be動詞 \\ 助動詞 \end{Bmatrix} + 主詞 + \begin{Bmatrix} 補語 \\ 動詞 \end{Bmatrix} ?$$

以be動詞或助動詞為句首的疑問句，因為答案不是肯定就是否定，因此也有人將之稱為yes/no疑問句。

例 ▶

Are you a student?（你是一名學生嗎？）

Yes, I am.（是的，我是）

No, I'm not.（不，我不是。）

Does he live here?（他住在這裡嗎？）

Yes, he does.（是的，他是。）

No, he doesn't.（不，他不是。）

而若要問出與「是或非」無關的答案，就要使用疑問詞來發問了。使用疑問詞發問時，只要將疑問詞放在原本疑問句的be動詞或助動詞前就可以囉！

例 ▶

Why are you here?（你為什麼會在這裡？）

→ 回答理由：**I'm here to buy some milk.**

（我是來這裡買牛奶的。）

成果實測

1. (　) A: Do you know the answer to this question?

　　B: ＿＿＿＿＿.

(A) I know.

(B) I am.

(C) Yes, I know.

(D) Yes, I do.

2. (　) A: Is Taipei the capital city in Taiwan?

　　B: ＿＿＿＿＿.

(A) Is it.

(B) Yes, it is.

(C) Yes, it does.

(D) Yes, it do.

3. (　) ＿＿＿＿＿ are you planning to go next month?

(A) Where　(B) When

(C) Do　　　(D) What

解答
1. (D) 2. (B) 3. (A)

When will they come?（他們什麼時候會來？）

→回答時間：**They will come around seven.**

（他們大約七點鐘會來。）

📝 常用的疑問詞

❶ what

what指「什麼」，可以用來問「姓名」、「職業」、「動作」、「事件」或「物品」等等。想問的具體事項可以從補語或是動詞來得知。

例 ▶

What is your name?（你叫什麼名字？）

→回答名字：**My name is Peter.**

（我的名字是Peter。）

What does your father do?（你的父親從事什麼行業？）

→回答職業：**My father is a computer engineer.**

（我父親是個電腦工程師。）

What do you want?（你想要什麼？）

→回答想要的東西：**I want that.**（我要那個。）

→回答想做的事：**I want to go with you.**

（我想跟你一起去。）

What are you doing?（你正在做什麼？）

→回答正在做的事：**I am doing the laundry.**

（我正在洗衣服。）

✏️ 成果實測

1. (　) _____ is she?
    She's a teacher.
  (A) When
  (B) Where
  (C) What
  (D) How

解答
1. (C)

what後面也可加上名詞，說明想問的具體事項。

$$\text{What} + 名詞 + \begin{cases} \text{be動詞} \\ \text{助動詞} \end{cases} + 主詞 + \begin{cases} 補語 \\ 動詞 \end{cases}?$$

例 ▶

What fruits are good for eyes?

（什麼水果對眼睛有益？）

→ 回答水果名稱：

Blueberries and apples are good for eyes.

（藍莓和蘋果對眼睛有益。）

What colors do you like?（你喜歡什麼顏色？）

→ 回答顏色：**I like red and white.**

（我喜歡紅色和白色。）

問星期與日期的方法

What day is it?（今天星期幾？）
It's Monday.（今天星期一。）

What date is it?（今天幾月幾日？）
It's March 27th.（今天是三月廿七日。）

❷ where

where指「何處」，可以用來問「地點」、「方向」、「位置」等等。

例 ▶

Where is your mom?（你的媽媽在哪裡？）

→ 回答地點：**She is in the kitchen.**（她在廚房。）

Where is the nearest MRT station?

（最近的捷運站在哪裡？）

→ 回答方向：**It's down the road on the right.**

（在這條路往下走的右手邊。）

Where did you put it?（你把它放在哪？）

→ 回答位置：**I put it on the shelf.**

（我把它放在架子上了。）

❸ when

　　when 指「何時」，可以用來問「時間點」。小至幾點幾分，大至月份、季節或年份等，都可以是詢問的時間範圍。

例 ▶

When will you be there?（你何時會到那裡？）

→ 回答估計時間：**I will be there in five minutes.**

（我五分鐘內會到。）

When did the meeting begin?

（會議是何時開始的？）

→ 回答抽象時間：**It began just now.**

（它剛剛才開始。）

When is the party?（派對是什麼時候舉行？）

→ 回答具體時間：**It's on Saturday, February 23th.**

（二月廿三日星期六。）

when 所詢問的時間範圍很廣，因此答案也因人而異。

例 ▶

When did you see him?（你何時看到他的？）

你可以回答：**I saw him this morning.**

（我今天早上看到他的。）

也可以回答：**I saw him two hours ago.**

（我兩小時前看到他的。）

或是回答：**I saw him around ten o'clock.**

（我在十點左右看到他的。）

如果想要問出「具體的時間」，可以用「what或which＋時間名詞」來將問題具體化。

例 ▶

What time did you go to bed?
（你幾點上床睡覺？）

→ 具體回答幾點：**I went to bed at ten.**
（我十點上床睡覺。）

Which/what year were you born in?
（你哪一年出生的？）

→ 具體回答哪一年：**I was born in 1998.**
（我是1998年出生的。）

What date is your birthday?
（你的生日是幾月幾日？）

→ 具體回答日期：**It's January 22.**
（是一月廿二日。）

❹ who

who指「誰」，可以用來問「身份」、「對象」、「關係」等等。who可以用來做主詞，也可以用來做受詞。

例 ▶

Who is that? （那個人是誰？）
→ 回答身份：**He is Jeff Black.** （他是Jeff Black。）
→ 回答關係：**He is my boss.** （他是我老闆。）

Who can drive? （誰會開車？）
→ 回答對象：**I can.** （我會。）

Who took my umbrella? （誰拿走了我的雨傘？）
→ 回答對象：**Mary did.** （Mary拿的。）

❺ why

　　why指「為什麼」，通常用來問「原因」。

例 ▶

Why are you late?（你為什麼遲到？）

→回答原因：**I missed the bus.**（我沒搭到公車。）

Why didn't he come to the party?

（他為何沒來參加派對？）

→回答原因：**He was sick.**（他病了。）

❻ how

　　how指「如何」，可以用來問「方法」，也可以用來問候對方「近況」，或事情進行的「狀況」。

例 ▶

How do you go to work?（你怎麼去上班的？）

→回答交通方式：**I go to work by MRT.**

（我搭捷運上班的。）

How are you?（你好嗎？）

How are you doing?（你過得好嗎？）

How have you been?（你過得好嗎？）

How's it going?（一切都好嗎？）

→回答自己的狀態：

I'm OK.（還不錯。）

I'm doing well.（我過得很好。）

Everything's great.（一切都很好。）

　　how後面常接不同的形容詞，用來詢問不同的事物，如以下表格：

how old （多老）	How old is your brother?（你哥哥幾歲？） He is twenty-four.（他二十四歲。）

how many （多少）	How many people are there in your family? （你家有幾個人？） There are eight people in my family. （我家有八個人。）
how many times （幾次）	How many times have you been to Japan? （你去過日本幾次？） More than ten times. （超過十次了。）
how much （多少錢）	How much is the handbag? （這手提包多少錢？） It's 2,980 dollars. （兩千九百八十元。）
how often （多常）	How often do you go to the gym? （你多久去一次健身房？） Twice a week. （一星期兩次。）
how long （多久）	How long does it take to walk there? （走路到那裡要多久時間？） About fifteen minutes. （大約十五分鐘。）
how far （多遠）	How far is the supermarket from here? （超市離這裡有多遠？） It's only two blocks away. （只有兩個路口的距離。）

✏️ 成果實測

填空

1. _____
   days are there in a week?
   There are seven days.

2. _____
   does this dining table
   cost?
   It costs $10,000.

3. _____
   have you been married?
   About twenty years.

解答
1. How many
2. How much
3. How long

❼ which

which指「哪一個」，通常用來做「有選擇性的」提問。which後面常接名詞，讓問句更加明確。

例 ▶

Which car is yours?（你的車子是哪一輛？）

→ 回答明確目標：**The white one.**（白色那輛。）

Which color do you like better?

（你比較喜歡哪一個顏色？）

→ 回答選擇：**I prefer blue.**（我比較喜歡藍色。）

Lesson5 附加問句

什麼是附加問句？

附加問句顧名思義，就是「附加上去」的問句，這種問句是附加在「直述句」後面，就很像我們中文會使用的「對不對？」或「好不好？」等，是用來向對方確認事實、澄清事實或是尋求對方認同的一種簡短問句。

什麼時候要用附加問句？

❶ 想要確認自己的訊息

▶ **The meeting has been cancelled, hasn't it?**

→ 會議已經被取消了，不是嗎？

❷ 想要澄清事實時

▶ **I didn't say that, did I?**

→ 我沒有說過那樣的話，不是嗎？

❸ 想要詢問對方意見

▶ **This dress doesn't suit me, does it?**

→ 這件洋裝不適合我，對嗎？

❹ 希望尋求對方認同時

▶ **She's beautiful, isn't she?**

→ 她很美麗，對不對？

附加問句的基本句型

附加問句是以「助動詞＋代名詞」的組合方式，放在直述句後的簡短問句。

注意

• 形成附加問句的要點：

1. 肯定直述句後面要用否定附加問句；否定直述句後面則要用肯定附加問句。

2. 附加問句的be動詞或助動詞要與直述句相同，且時態須一致。

3. 否定附加問句的助動詞與not要縮寫，如won't。

★ 例外：am not無法縮寫，附加問句要用am I not或是aren't I。

4. 附加問句的主詞要將直述句的主詞換成代名詞。

肯定直述句	，＋	be動詞／助動詞與not縮寫＋代名詞	？
否定直述句		be動詞／助動詞＋代名詞	

❶ 肯定直述句＋否定附加問句

▶ **You and Jenny <u>are</u> sisters, <u>aren't you</u>?**

→ 你跟Jenny是姐妹，不是嗎？

> step ① 肯定改否定，are→ aren't
> step ② 主詞You and Jenny 改為代名詞you

▶ **The children <u>will</u> go with us, <u>won't they</u>?**

→ 孩子們將會跟我們一起去，不是嗎？

> step ① 肯定改否定，will → won't
> step ② 主詞 The children 改為代名詞they

▶ **I <u>am</u> your best friend, <u>am I not</u> / <u>aren't I</u>?**

→ 我是你最好的朋友，不是嗎？

> am not無縮寫，故附加問句為
> am I not或是aren't I

❷ 否定直述句＋肯定附加問句

▶ **You <u>didn't</u> tell the truth, <u>did you</u>?**

→ 你沒說實話，對不對？

> step ① 否定改肯定，didn't → did
> step ② 主詞You代名詞依然是you

▶ **Mary <u>is not</u> coming, <u>is she</u>?**

→ Mary不會來，對不對？

> step ① 否定改肯定，is not → is
> step ② 主詞Mary改為代名詞she

📖 **成果實測**

寫出句子的附加問句

1. Grandpa gave you this, _____ ?

2. You want to be a fashion designer, _____?

3. We can do this by ourselves, _____?

4. You haven't seen Fred for a long time, _____?

5. Grandpa has never been abroad, _____?

是非題（正確的句子寫T，錯誤的句子寫F）

6. (　) Mary is a lovely little girl, isn't she?

7. (　) The weather in London is not very good, isn't it?

8. (　) The team never loses, doesn't it?

9. (　) You can swim, can't you?

10. (　) Mom won't go with us, didn't she?

解答
1. didn't he
2. don't you
3. can't we
4. have you
5. has he
6. (T) 7. (F) 8. (F)
9. (T) 10. (F)

❸ 直述中含有否定意味的字詞，附加問句也要用肯定式

常見的否定副詞：

seldom 很少	never 從未；絕不	hardly 幾乎不
neither 兩者都不	nothing 沒什麼	nobody 沒有人
none 一個也無；無一人	little 少到幾乎沒有	few 少到幾乎沒有

▶ **Your wife <u>seldom</u> cooks, <u>does</u> she?**

→ 你太太很少下廚，不是嗎？

> seldom含否定意味，附加問句
> 使用肯定助動詞。

▶ **The poor children had <u>nothing</u> to eat, <u>did</u> they?**

→ 可憐的孩子們沒有東西可吃，是不是？

> nothing含否定意味，附加問句
> 使用肯定助動詞。

📝 特殊的附加問句主詞變化

everybody, everyone, nobody, someone, anyone等都沒有特定指出是誰，因此「所有人」都是可能的對象，故附加問句主詞用they。而there為虛主詞，附加問句的主詞不用人稱代名詞，保持there就好。

直述句的主詞	附加問句主詞
動名詞（片語）、不定詞（片語）、this、that、everything、something、nothing、anything等	it
these、those、everybody、everyone、nobody、someone、anyone等	they
there	there

📝 成果實測

寫出句子的附加問句

1. Sarah is seldom late for school, _____?

解答
1. is she

📝 成果實測

1. ( ) You have never been to those places, _____ you?

(A) do　　(B) don't
(C) have　(D) haven't

解答
1. (C)

▶ **Learning English is important, isn't it?**

→ 學英文很重要，不是嗎？

> 動名詞片語視為單數名詞，附加問句主詞用代名詞it。

▶ **Everyone likes chocolate, don't they?**

→ 每個人都喜歡巧克力，不是嗎？

> everyone為單數名詞，後面接單數動詞likes。但everyone（每個人）就是所有人，故附加問句主詞要用they，助動詞也要跟著用複數助動詞don't。

▶ **There is a bookstore near the post office, isn't there?** → 郵局附近有間書店，對嗎？

> 虛主詞there，在附加問句時仍保持there，不使用人稱代名詞。

📝 祈使句的附加問句

❶ 一般祈使句：附加問句為**will you?**

　1. 主詞：祈使句通常省略主詞you，因此附加問句的主詞為you。

　2. 助動詞：祈使句為表示「命令」或「要求」對方執行某動作的句子，動作會在未來時間執行，因此助動詞用will。

　3. 無論是肯定祈使句或否定祈使句，附加問句都是肯定式will you?，表示「你願意嗎？」或「可以嗎？」

▶ **Open the door for me, will you?**

→ 幫我開個門，好嗎？

▶ **Don't laugh at your sister, will you?**

→ 不要嘲笑你妹妹，可以嗎？

✏️ 成果實測

1. (　) Someone did the homework for you, didn't ____?

(A) you　(B) he

(C) they　(D) them

2. (　) There are three rabbits in the yard, aren't ____?

(A) you　(B) they

(C) them　(D) there

解答
1. (C) 2. (D)

❷ Let's句型：附加問句為shall we?

1. 主詞：Let's 祈使句的對象包含對方的us，附加問句主詞用we。

2. 助動詞：Let's 的句型是用來表示「提議」，動作會在未來時間執行，助動詞用shall。

3. 無論是肯定提議或否定提議，附加問句都是肯定式shall we?，表示：「好嗎？」

▶ **Let's go to the movies, <u>shall we</u>?**

→ 我們去看電影，好嗎？

▶ **Let's not talk about it, <u>shall we</u>?**

→ 我們別談這個，好嗎？

📝 附加問句的回答

無論附加問句是肯定式還是否定式，當答案是肯定時，就肯定回答；答案是否定時，就否定回答。不要受附加問句影響。

▶ **The man is your father, isn't he?**

→ 這男人是你的父親，不是嗎？

> 肯定回答：Yes, he is my father. → 對，他是我父親。
> 否定回答：No, he is not my father. → 不，他不是我父親。

▶ **You didn't eat breakfast today, did you?**

→ 你今天沒吃早餐，對嗎？

> 肯定回答：Yes, I did. → 有啊，我吃了。
> 否定回答：No, I didn't. → 對啊，我沒吃。

✏️ **成果實測**

寫出句子的附加問句

1. Let's give Mom a surprise,
_____?

2. Please be quiet,
_____?

解答
1. shall we
2. will you

✏️ **成果實測**

1. (　) A: You two have known each other for a long time, haven't you?

B: No, we _____.

(A) have　(B) haven't
(C) do　　(D) don't

2. (　) A: You didn't tell Melissa my secret, did you?

B: No, I _____.

(A) have　(B) haven't
(C) did　　(D) didn't

解答
1. (B) 2. (D)

Lesson 6 祈使句

📝 什麼是祈使句？

　　祈使句是用在跟對方說話時，向對方下達「指令」、提出「要求」、給予「提議」或「勸告」的句子。且無論是命令對方、指示對方、給對方建議或勸告，主詞都是you（你或你們），因此這類句子的主詞省略不用，直接用原形動詞做句首，讓語氣更堅定及強烈，如：Stand up.（起立）、Get up now.（現在就起床）等。

📝 什麼時候要用祈使句？

❶ 向對方下指令時

　　▶ **Clean up your room.** → 把你房間清理乾淨。

❷ 向對方提出要求時

　　▶ **Please come here.** → 請過來這裡。

❸ 給予對方建議時

　　▶ **Be careful.** → 要小心。

❹ 勸告對方時

　　▶ **Don't stay up too late.** → 不要熬夜到太晚。

📝 祈使句的句型

（You）通常省略＋原形動詞	單字動詞 片語動詞 動詞片語

　　祈使句的主詞通常是you，因為已經知道是在對誰說話，因此主詞you經常被省略，故祈使句中一定會有的是「動詞」，可以是單字動詞、雙字動詞（片語動詞）或是動詞片

1. (　) ＿＿＿ upstairs and you'll see the toilet.
   (A) You will walk
   (B) Walking
   (C) Walk
   (D) Will walk

2. (　) Please ＿＿＿ off the light after you leave the room.
   (A) you will turn
   (B) turning
   (C) turn
   (D) will turn

3. (　) Don't ＿＿＿ in him. He's a total liar.
   (A) you will believe
   (B) believing
   (C) believe
   (D) will believe

解答
1. (C) 2. (C) 3. (C)

語。且動詞一定用「原形動詞」。如果是及物動詞，後面則必須加上受詞。

例 ▶

Go! → 去！

Sit down. → 坐下。

Pick it up! → 把它撿起來！

Give Mommy a kiss. → 親媽媽一下。

Call me immediately! → 立刻打電話給我！

祈使句的用法

❶ 否定祈使句

表示命令、勸告、建議對方「不要做某事」時，在祈使句前加上Do not/ Don't（不能使用其他助動詞否定式）或Never。

| Do not / Don't / Never | ＋原形動詞 |

例 ▶

Do not say that again! → 不要再說那種話！

Don't open the door! → 不要開門！

Never trust strangers. → 絕不要相信陌生人。

❷ 不省略you的祈使句

祈使句一般會省略主詞you，但當需要強調「就是你」時，也可以保留主詞you。

例 ▶

You shut up! → 你閉嘴！

> Shut up! 是「閉嘴」的意思，不省略主詞時，則可以加強語氣，表示「你給我閉嘴！」

成果實測

1. ( ) _____ give that to him.
   (A) Can't　　(B) Won't
   (C) Shouldn't (D) Don't

2. ( ) _____ do that again!
   (A) Never　(B) Seldom
   (C) Hardly　(D) Often

3. ( ) _____ talk to me like that.
   (A) Can't you
   (B) Won't you
   (C) Don't you
   (D) Mustn't

訂正下列錯誤的祈使句

4. Can't laugh at your brother.

　_____

　_____

解答

1. (D) 2. (A) 3. (C)

4. Don't laugh at your brother.

Don't you do that to me! → 不許你對我那麼做。

> Don't do that to me. 有拜託對方「不要對我那麼做」的口吻。保留主詞you時，則有警告對方「不准」的含義。

❸ 強調語氣

　　要表示強烈祈使句時，可以在原形動詞前加上助動詞do，表示「一定要……」。

> Do＋原形動詞

例 ▶

Do listen to your mom. → 一定要聽媽媽的話。

Do bring me a gift. → 一定要帶禮物給我。

❹ be動詞祈使句

　　以be動詞為首的祈使句，後面要加上形容詞，命令對方保持或進入某種狀態。

> Be＋形容詞

例 ▶

Be quiet! → 安靜一點！

Be patient! → 有耐心一點！

❺ get祈使句

　　除了以get為首的片語動詞如get out / get in等之外，以get為動詞的祈使句，後面也是接形容詞，表示「要對方快進入某種狀態」。

> Get＋形容詞

例 ▶

Get dressed! → 快穿衣服！

Get prepared! → 快準備好！

❻ 用let表示建議或懇求的祈使句

let意指「讓……」，後面要先接受詞，才能接原形動詞。

> Let＋受詞＋原形動詞

例 ▶

Let me go. → 讓我走吧。

Let them try. → 讓他們試試看。

Don't let him in. → 不要讓他進來。

❼ 以please讓語氣委婉化

　祈使句是一種口氣很直接的句子，因此可以在祈使句加上please，讓命令、指示的口氣較委婉，或是讓請求更加客氣。please可以放在祈使句之前，也可以加上逗號放在祈使句之後。

> Please＋祈使句 = 祈使句, please.

例 ▶

Please take a seat.
= Take a seat, please.

→ 請坐下來。

Please tell me the truth.
= Tell me the truth, please.

→ 請告訴我真相。

Please don't bring this to school.
= Don't bring this to school, please.

→ 請不要把這個帶來學校。

💡 **注意**

● Let us 與Let's的比較

「let us＋原形動詞」與「let's＋原形動詞」都是表示「建議」的句型用法。

(1) let us...為祈使句型，表示請對方讓不包含對方的「我們」做某事。

例

Let us play the computer games.（讓我們玩電腦遊戲吧。）

(2) let's...則是建議對方讓包含對方的「我們」一起做某事。

例

Let's go shopping.（我們去逛街吧！）

✏️ **成果實測**

1. (　) Students, _____.
　(A) please, be quiet
　(B) be quiet, please
　(C) be quiet please
　(D) please, quiet

訂正下列錯誤的祈使句

2. Stand up please.

_____

3. Please come here Mary.

_____

4. Let him joins our team.

_____

解答

1. (B) 2. Stand up, please. 3. Please come here, Mary. 4. Let him join our team.

Unit 3
動詞與時態

Lesson 1 動詞三態變化

📝 動詞時態的觀念

英文與中文最大的差異在於:中文沒有時態,而英文則有時態區分。用來區分各種不同時態的,就是句子中的「動詞」。

❶ 原形動詞

句子時態為「現在式」時,動詞用「原形動詞」,如play。除了當主詞為第三人稱單數時,動詞要變成「單數動詞」如plays之外,其他時候動詞保持原形。

▶ **I play football after school every day.**

→ 我每天放學後踢足球。

▶ **He plays football after school every day.**

→ 他每天放學後踢足球。

❷ 動詞過去式

句子時態為「過去式」時,動詞要改成「過去式」,如played為動詞play的過去式。但是無論主詞為何,動詞過去式的形式都相同。

▶ **The kids played hide-and-seek yesterday.**

→ 孩子們昨天玩捉迷藏。

❸ 過去分詞

句子時態為「完成式」時,動詞要改成「過去分詞」,如played。過去分詞一般接在助動詞have/has後面,而助動詞得依主詞不同選擇使用have或has。

▶ **I have played tennis since I was eight.**

→ 我從八歲開始打網球。

▶ **Jason has played baseball for eight years.**

→ Jason已經打棒球八年了。

❹ 現在分詞

　　句子時態為「進行式」時，動詞要改成「現在分詞」。現在分詞一般接在be動詞is/am/are後面，be動詞須依主詞不同選擇使用is、am或are。若是過去進行式，則be動詞要改為過去式：was或were。

▶ **The girls are playing house in the yard.**

→ 女生們在庭院玩扮家家酒。

📝 動詞的三態變化

　　英文中的動詞變化，有「規則變化動詞」及「不規則變化動詞」兩種。

　　動詞的過去式、過去分詞之變化有一定規則的動詞，稱為「規則變化動詞」；反之，則稱為「不規則變化動詞」。

❶ 規則變化動詞

　　規則變化動詞的過去式及過去分詞，通常是字尾加上d或ed：

1. 直接在動詞字尾加ed。常見的動詞有：

動詞原型	過去式	動詞原型	過去式
clean	cleaned	stay	stayed
wash	washed	visit	visited
happen	happened	work	worked
watch	watched	look	looked
play	played	rain	rained
pick	picked	talk	talked

📝 **成果實測**

寫出下列動詞的過去式及過去分詞

1. stop

_____　_____

2. try

_____　_____

3. bring

_____　_____

4. read

_____　_____

2. 動詞字尾為e者，字尾加d。常見的動詞有：

動詞原型	過去式	動詞原型	過去式
like	liked	love	loved
dance	danced	invite	invited
close	closed	agree	agreed
wipe	wiped	live	lived
hope	hoped	decide	decided
arrive	arrived	smile	smiled

3. 單音節動詞，其母音為短音、字尾為單子音的動詞，需重複字尾字母再加ed。常見的動詞有：

動詞原型	過去式	動詞原型	過去式
jog	jogged	stop	stopped
mop	mopped	drop	dropped
plan	planned	clap	clapped

4. 字尾為y且前一個字母為子音的動詞，需去掉y再加ied。常見的動詞有：

動詞原型	過去式	動詞原型	過去式
cry	cried	apply	applied
try	tried	marry	married
study	studied	carry	carried
spy	spied		

5. forget

_____   _____

6. take

_____   _____

7. teach

_____   _____

8. look

_____   _____

9. drink

_____   _____

10. run

_____   _____

解答
1. stopped stopped
2. tried tried
3. brought brought
4. read read
5. forgot forgotten
6. took taken
7. taught taught
8. looked looked
9. drank drunk
10. ran run

5. 兩音節以上的動詞，重音落在第二音節，且字尾為子音時，需重複字尾再加ed。常見的動詞有：

動詞原型	過去式
occur	occurred
prefer	preferred
admit	admitted
commit	committed

6. 規則變化動詞字尾d或ed的讀法

字尾為~ted或~ded時，ed讀[ɪd]

例 ▶　added　　　　ended
　　　waited　　　　wanted
　　　decided　　　 invited
　　　visited　　　　created

字尾發無聲子音時，讀[t]

例 ▶　looked　　　　watched
　　　asked　　　　 talked
　　　worked　　　　dropped
　　　kissed　　　　 jumped

字尾為有聲子音或母音時，讀[d]

例 ▶　called　　　　changed
　　　listened　　　 lived
　　　cried　　　　　played
　　　enjoyed　　　 hugged

📝 **成果實測**

圈出字尾發音相同的字

1. **waited**

   visited / opened / closed

2. **showed**

   kissed / played / liked

3. **kicked**

   ended / jogged / stopped

4. **turned**

   planned / cooked / asked

5. **changed**

   tasted / begged / missed

6. **played**

   visited / loved / laughed

7. **tried**

   looked / finished / smiled

8. **begged**

   needed / thanked /
   arrived

解答	
1. visited	2. played
3. stopped	4. planned
5. begged	6. loved
7. smiled	8. arrived

❷ 不規則變化動詞

　　顧名思義，不規則變化動詞的過去式及過去分詞之變化沒有一定規則，但依然可分為以下四種：

1. A-B-C型─動詞三態皆不同。常見的動詞有：

現在式（動詞原形）	過去式	過去分詞
do（做）	did	done
go（去）	went	gone
see（看）	saw	seen
eat（吃）	ate	eaten
fly（飛）	flew	flown
sing（唱）	sang	sung
give（給）	gave	given
take（拿）	took	taken
know（知道）	knew	known
grow（生長）	grew	grown
wear（穿）	wore	worn
swim（游泳）	swam	swum
hide（躲）	hid	hidden
blow（吹）	blew	blown
ring（響）	rang	rung
ride（騎）	rode	ridden
draw（畫）	drew	drawn
begin（開始）	began	begun
throw（丟）	threw	thrown
write（寫）	wrote	written
drink（喝）	drank	drunk
speak（說）	spoke	spoken
steal（偷）	stole	stolen
break（打破）	broke	broken
drive（駕駛）	drove	driven
forget（忘記）	forgot	forgotten
choose（選擇）	chose	chosen
fall（落，摔）	fell	fallen

✏ 成果實測

1. (　　) Miranda ＿＿＿＿
too much yesterday,
so she is having a
terrible hangover
today.

(A) drink　(B) drinks
(C) drank　(D) dronk

解答
1. (C)

2. A-B-B型— 過去式與過去分詞相同。常見的動詞有：

現在式（動詞原形）	過去式	過去分詞
say（說）	said	said
buy（買）	bought	bought
sit（坐）	sat	sat
get（得到）	got	got/gotten
win（贏得）	won	won
pay（付）	paid	paid
have （有，吃）	had	had
tell（告訴）	told	told
sell（賣）	sold	sold
hear（聽到）	heard	heard
make （做）	made	made
lend（借）	lent	lent
send（送，寄）	sent	sent
lose（輸，失去）	lost	lost
hold（拿，握）	held	held
feel（感覺）	felt	felt
meet（遇見）	met	met
keep（保持）	kept	kept
find（找到）	found	found
catch（抓住）	caught	caught
bring（帶來）	brought	brought
think（想）	thought	thought
build（興建）	built	built
spend（花費）	spent	spent
sleep（睡覺）	slept	slept
leave（離開）	left	left
understand（明白，理解）	understood	understood

🖉 **成果實測**

1. (　) Mom has _____ me everything you did.
 (A) told　(B) telled
 (C) tell　(D) tells

2. (　) Kevin was _____ cheating on his girlfriend.
 (A) catched
 (B) caught
 (C) catched
 (D) cought

解答
1. (A) 2. (B)

3. A-B-A型— 現在式與過去分詞形式相同。常見的動詞有：

現在式（動詞原形）	過去式	過去分詞
come（來）	came	come
become（成為）	became	become
run（跑）	ran	run

4. A-A-A型— 動詞三態形式皆不變。常見的動詞有：

現在式（動詞原形）	過去式	過去分詞
put（放下）	put	put
cut（剪）	cut	cut
hit（打，撞）	hit	hit
let（讓）	let	let
hurt（傷害）	hurt	hurt
read（閱讀）	read	read
cost（花費）	cost	cost

Lesson 2 現在簡單式

📝 什麼時候會用到現在簡單式呢？

❶ 描述經常性的「動作」或「習慣」

▶ **I get up at six every day.**

→ 我每天六點起床。

❷ 描述確實存在的「狀態」

▶ **He teaches English in high school.**

→ 他在高中教英文。

❸ 描述不變的「真理」或普遍認知的「事實」

▶ **The earth goes around the sun.**

→ 地球繞著太陽轉。

❹ 描述常態性存在的「感受」或「看法」

▶ **Sugar tastes sweet.**

→ 糖嚐起來是甜的。

📝 現在簡單式的基本句型

現在簡單式的句型可分為be動詞簡單式以及一般動詞簡單式：

```
主詞＋{ be動詞 ＋ 補語
       一般動詞 ＋ 受詞
```

▶ **I   am   a girl.**

主詞　be動詞　補語

▶ **She   speaks   English.**

主詞　　一般動詞　　受詞

❶ 使用be動詞簡單式句型時，be動詞要視主詞而定

主詞	I	you, we, they	he, she, it
be動詞	am	are	is

► **I am a bus driver.**

→ 我是個公車司機。

► **We are friends.**

→ 我們是朋友。

► **He is my brother.**

→ 他是我哥哥。

❷ 使用一般動詞簡單式的句型時，動詞隨主詞變化

主詞	動詞
第一人稱單複數（I及we）	原形動詞
第二人稱單複數（you及you）	
第三人稱複數（they）	
複數名詞	
第三人稱單數（he, she, it）	第三人稱單數動詞

❸ 單數動詞的變化方式有三種，且發音也不同

1. 直接加「-s」

字尾為無聲子音，s發音為[s]	works, cooks, helps, asks
字尾為有聲子音，s發音為[z]	comes, reads, leaves, plays

成果實測

圈出正確的動詞形式

1. Brian (teach/ teachs/ teaches) English in an elementary school.

2. Joanna and her parents (live/ lives) in London.

3. Fran (carry/ carrys/ carries) an expensive handbag.

4. We don't (work/ works) on the weekends.

5. Vincent always (eat/ eats) fast food.

解答
1. teaches 2. live
3. carries 4. work
5. eats

2. 字尾為o，或字尾發音為[s, z]、[t, d]、[ʃ, tʃ]時，加「-es」；若字尾已經有e，則加s即可

字尾為o加上es，發音為[z]	does, goes
發音為[s, z]、[tʃ, ʃ] 時加上es，發音為[z]	misses, fixes, eases, buzzes, washes, teaches

3. 動詞字尾為y時，去掉y再加上「ies」

字尾為y，去y加ies，發音為[z]	study → studies carry → carries fly → flies cry → cries

現在簡單式的否定句與疑問句

❶ 否定句

1. be動詞簡單式

主詞＋be動詞＋not＋補語

主詞	I	you, we, they	he, she, it
be動詞+ not	am not	are not / aren't	is not / isn't

▶ **I am not happy.**

→ 我不高興。

▶ **They are not / aren't my friends.**

→ 他們不是我的朋友。

▶ **It is not / isn't my dog.**

→ 牠不是我的狗。

2. 一般動詞簡單式

在原形動詞前加上助動詞do not或does not。

主詞	I	you, we, they	he, she, it
助動詞+not	do not / don't	do not / don't	does not / doesn't

▶ **I do not / don't have any cash on me.**

→ 我身上沒有任何現金。

▶ **We do not / don't live here.**

→ 我們不住在這裡。

▶ **She does not / doesn't exercise much.**

→ 她不常運動。

❷ 疑問句與答句

只要把be動詞或助動詞do/does移到句首，即成疑問句。

> 疑問句：be動詞 ＋ 主詞 ＋ ……?
> 肯定詳答：Yes, 主詞 ＋ be動詞 ＋ …….
> 肯定簡答：Yes, 主詞 ＋ be動詞.
> 否定詳答：No, 主詞 ＋ be動詞 ＋ not ＋ …….
> 否定簡答：No, 主詞＋ be動詞 ＋ not.

例 ▶

Is Mom in the kitchen? → 媽媽在廚房嗎？

肯定詳答：**Yes, she is in the kitchen.**
→ 對，她在廚房。

肯定簡答：**Yes, she is.** → 對，她在。

否定詳答：**No, she is not / isn't in the kitchen.**
→ 不，她不在廚房。

否定簡答：**No, she <u>is not</u> / isn't**. →不，她不在。

Are the girls excited about the concert?

→女孩們對演唱會感到很興奮嗎？

肯定詳答：**Yes, they are excited about the concert.**
→是，她們對演唱會感到很興奮。

肯定簡答：**Yes, they are.** →是，她們是。

否定詳答：**No, they <u>are not</u> / aren't excited about the concert.**
→不，她們對演唱會並不感到興奮。

否定簡答：**No, they <u>are not</u> / aren't.**
→不，她們並不。

| 疑問句：Do/Does ＋ 主詞 ＋ 原形動詞＋……？ |
| 肯定詳答：Yes, 主詞 ＋ 一般動詞＋……. |
| 肯定簡答：Yes, 主詞 ＋ do/does. |
| 否定詳答：No, 主詞 ＋ do/does ＋ not ＋……. |
| 否定簡答：No, 主詞 ＋ do/does ＋ not. |

例 ▶

Do the kids eat enough vegetables?
→孩子們有吃足夠的蔬菜嗎？

肯定詳答：**Yes, they eat enough vegetables.**
→是，他們有吃足夠的蔬菜。

肯定簡答：**Yes, they do.** →是，他們有。

否定詳答：**No, they <u>do not</u> / don't eat enough vegetables.**
→不，他們沒有吃足夠的蔬菜。

否定簡答：**No, they <u>do not</u> / don't**. →不，他們沒有。

成果實測

1. (　) A: ＿＿ a Japanese restaurant around the corner?

　B: No, there isn't.

(A) Do they

(B) Does there

(C) Is there

(D) Is they

2. (　) A: ＿＿＿ they live together?

　B: Yes, they ＿＿＿.
They are sisters.

(A) Do　　(B) Are

(C) x　　(D)Don't

解答
1. (C) 2. (A)

Does your wife speak French?

→ 你的太太會説法語嗎？

肯定詳答：**Yes, she speaks French.**
  → 是，她會説法語。

肯定簡答：**Yes, she does.** → 是，她會。

否定詳答：**No, she <u>does not / doesn't</u> speak French.**
  → 不，她不説法語。

否定簡答：**No, she <u>does not / doesn't</u>.**
  → 不，她不會。

現在簡單式的時間副詞

　　現在簡單式是用來描述普遍存在的真理、事實或是持續不斷的活動及習慣等，故其常搭配使用的時間副詞也具有代表一般常態的特性。常用的時間副詞有：

every（每一……）	second（秒）, minute（分鐘）, hour（小時）
	morning（早上）, afternoon（下午）, evening（晚上）, night（夜）
	day（天）, week（星期）, month（月）, year（年）
on（在）	Mondays（每週一）, Tuesdays（每週二）, Wednesdays（每週三）, Thursdays（每週四）, Fridays（每週五）, Saturdays（每週六）, Sundays（每週日）, the weekend（週末）
at（在）	six o'clock（六點）, night（晚上）
in（在）	spring（春天）, summer（夏天）, fall/autumn（秋天）, winter（秋天） January（一月）～ December（十二月）, 2018（年份）

成果實測

1. (　) Taylor plays soccer ____ Mondays.

   (A) in　　(B) on

   (C) at　　(D) every

2. (　) You should eat five different kinds of vegetables ____ day.

   (A) in　　(B) on

   (C) at　　(D) every

3. (　) Katherine moved to the US _____ 2019.

   (A) in　　(B) on

   (C) at　　(D) every

4. (　) My mom forced me to go to the cram school _____ a week.

   (A) every

   (B) once

   (C) twice times

   (D) times

解答
1. (B) 2. (D) 3. (A) 4. (B)

once（一次） twice（兩次） three times （三次）	an hour（一小時）, a week（一星期）, a month（一個月）, a year（一年）

▶ **Grandpa goes to bed <u>at eight</u> every night.**

→ 爺爺每天晚上八點就上床睡覺。

▶ **It seldom snows <u>in winter</u> here.**

→ 這裡冬天很少下雪。

▶ **The store is closed <u>on Mondays</u> .**

→ 這家店每逢星期一都休息。

▶ **He does the laundry <u>once a week</u>.**

→ 他一星期洗一次衣服。

NOTE

~~~~~~
~~~~~~
~~~~~~
~~~~~~
~~~~~~
~~~~~~
~~~~~~

Lesson 3 現在進行式

📝 **什麼時候會用到現在進行式呢？**

❶ 描述正在發生的事情

▶ **It is raining.** → 現在正在下雨。

❷ 描述此刻正在發生或進行的動作

▶ **Mom is cooking.** → 媽媽正在做菜。

❸ 描述現下、目前的狀態

▶ **I am not feeling very well.** → 我覺得不太舒服。

❹ 指即將發生或即將進行的動作

▶ **We are moving to New York.**
→ 我們就要搬去紐約了。

📝 **現在進行式的基本句型**

主詞 ＋ be動詞 ＋ 現在分詞 ＋ …… .

❶ be動詞視主詞而定

▶ <u>**Alice**</u>　<u>**is**</u>　<u>**singing.**</u> → 愛麗絲正在唱歌。
　　主詞　　be動詞　　現在分詞

▶ <u>**The children**</u>　<u>**are**</u>　<u>**sleeping.**</u> → 孩子們正在睡覺。
　　　主詞　　　　be動詞　　現在分詞

▶ <u>**I**</u>　<u>**am**</u>　<u>**leaving**</u>. → 我正要離開。
　主詞　be動詞　　現在分詞

❷ be動詞後要接現在分詞

> 現在分詞 ＝ 原形動詞 ＋ ing

原形動詞變成現在分詞的方式：

1. 直接加ing

一般動詞直接在字尾加上ing	watch → watching
	study → studying
	cook → cooking

▶ **Mary is watching TV in the living room.**
　　→ 瑪麗正在客廳看電視。

▶ **The students are studying in the library.**
　　→ 學生們正在圖書館讀書。

更多直接加ing的常用動詞：

原形動詞	現在分詞	原形動詞	現在分詞
eat（吃）	eating	say（說）	saying
fly（飛）	flying	sing（唱）	singing
jump（跳）	jumping	sleep（睡）	sleeping
look（看）	looking	talk（說話）	talking
open（開）	opening	wait（等）	waiting
play（玩）	playing	walk（走）	walking
read（讀）	reading	wash（洗）	washing

2. 去e加ing

字尾字母為e的動詞，要先把字尾的e去掉，再加上ing	drive → driving
	write → writing
	take → taking

▶ **I am writing a letter to Grandma.**
　　→ 我正在寫一封給奶奶的信。

💡 注意

字尾為e，但e為字母發音，如e/ee/oe/ye的動詞，不去e直接加ing。

例
be→being
flee→fleeing
hoe→hoeing
dye→dyeing

▶ **Mike is taking a shower.**

→ 麥可正在沖澡。

更多去e加ing的常用動詞：

原形動詞	現在分詞	原形動詞	現在分詞
close（關）	closing	give（給）	giving
chase（追趕）	chasing	have（吃、喝）	having
come（來）	coming	make（做）	making
confuse（使困惑）	confusing	move（搬移）	moving
dance（跳舞）	dancing	ride（騎）	riding
dive（跳水）	diving	use（使用）	using
drive（駕駛）	driving	urge（催促）	urging

3. 重複字尾加ing

單母音＋單子音的單音節動詞，要重複字尾字母，再加ing	step → stepping
	swim → swimming
	run → running

▶ **You are stepping on my foot.**

→ 你踩到我的腳了。

▶ **Julia is running in a marathon.**

→ 茱莉亞正在跑馬拉松賽跑。

重音在第二音節，且第二音節為單母音＋單子音的雙音節動詞，要重複字尾字母，再加ing	ad'mit → admitting
	trans'fer →transferring
	pre'fer → preferring

▶ **I am transferring to another school.**

→ 我要轉學了。

更多重複字尾加ing的常用動詞：

原形動詞	現在分詞	原形動詞	現在分詞
cut（剪；割）	cutting	let（讓；使）	letting
dig（挖）	digging	mop（用拖把拖）	mopping
get（得到）	getting	put（放）	putting
hit（撞；打）	hitting	sit（坐）	sitting
hop（跳）	hopping	swim（游泳）	swimming
jog（慢跑）	jogging	shop（逛街）	shopping
kid（開玩笑）	kidding	zip（拉拉鏈）	zipping

4. 去ie加ying

字尾為ie動詞，要把ie改成y之後，再加ing	die → dying
	tie → tying

▶ **The man is dying.** → 那男人就要死了。

▶ **I am tying a knot in the rope.**
→ 我正在繩子上打結。

❸ 不能使用進行式的動詞

　有些動詞不能使用在現在進行式的句子中，如：

1. 表示瞬間動作的動詞，如find（找到）、remember（記得）、admit（承認）等。

　例 ▶

　find（找到；發現）是一個瞬間動作，從「找到（某物）」的那一刻起，find這個動作就變成過去式了。如果要表示「正在尋找（某人或物）」，可以用look for這個片語動詞。

▶ **She is looking for her wallet.**
→ 她正在找她的錢包。

▶ **She found her wallet.** → 她找到她的錢包了。

🖉 成果實測

1. (　) My phone is ＿＿.
Can I borrow your power bank?

(A) die　(B) died

(C) dying　(D) dieing

2. (　) Do not step on it. Angela is ＿＿ the floor.

(A) mop

(B) mops

(C) moping

(D) mopping

解答
1. (C) 2. (D)

2. 描述事實或狀態，而非動作發生的動詞，如have（有）、like（喜歡）、know（知道；認識）等。

例 ▶

have（有）非指動作發生，而是一個陳述既定事實的動詞，「有」就是「有」，不需要強調「正在擁有」。但have這個動詞不使用進行式只限於做「有」解時，若是用在片語如have fun（玩得愉快）中，或是做「舉辦」、「吃」解時，就可以用在進行式了。

▶ **We are having a party tomorrow.**
→ 我們明天要舉辦一場派對。

▶ **The kids are having so much fun.**
→ 孩子們玩得好開心。

▶ **She is having dinner with her family.**
→ 她正跟家人一起吃晚餐。

3. 感官或認知動詞，如：smell（聞到）、see（看見）、like（喜歡）、know（知道；認識）等。感官動詞及認知動詞通常也是表示瞬間動作或瞬間感受的動詞，因此不用在進行式。

例 ▶

感官動詞see表示「看見」、「理解」時，不使用進行式。若要表示「正在看」，可以用watch這個動詞。

✗ I am seeing a movie.

✓ I am watching a movie.（我正在看電影。）

當see這個動詞不做感官動詞，而做一般動詞，表示「交往」時，就可以用在進行式了。

✓ I am seeing someone.（我正在與某人交往。）

116

現在進行式的疑問句與答句

❶ be動詞疑問句

將現在進行式中的be動詞移到句首，就會變成yes - no疑問句，回答時必須用yes或no的句子來回答。

▶ **Is Grandpa napping in his bedroom?**
→ 爺爺正在他的房裡午睡嗎？

肯定詳答：**Yes, he is napping in his bedroom.**
→ 是的，他正在房裡午睡。

肯定簡答：**Yes, he is.** → 是的，他是。

否定詳答：**No, he is not napping in his bedroom.**
→ 不，他並不是在房裡午睡。

否定簡答：**No, he isn't.** → 不，他不是。

❷ 疑問詞疑問句

現在進行式的疑問句句型：

疑問詞 ＋ be動詞 ＋ 主詞 ＋ 現在分詞（V-ing）？

疑問句與答句的主詞可能不同，因此be動詞要跟著主詞的不同做變化。

1. what問「什麼」

以what為首的進行式疑問句，目的是要詢問「正在發生或進行中的動作、事情」，回答時應根據問句中的動詞，回答具體事項。

▶ **What is Mom doing?** → 媽媽在做什麼？

She is talking on the phone. → 她正在講電話。

▶ **What are you reading?** → 你在讀什麼？

I am reading a letter from John.
→ 我正在讀約翰寫來的信。

2. who/whom 問「誰」

使用who/whom為疑問詞時，目的是要問「人」，因此答句要確實答出「人名」或「身份」。

▶ **Who is playing the piano?** → 誰正在彈鋼琴？

詳答：<u>Jennifer</u> **is playing the piano.**
→ 珍妮佛正在彈鋼琴。

簡答：**It's Jennifer.** → 是珍妮佛。

▶ **Who/Whom is Mom talking to?**
→ 媽媽正在跟誰講話？

詳答：**She is talking to** <u>my teacher</u>.
→ 她正在跟我的老師講話。

簡答：**My teacher.** → 我的老師。

3. where 問「何處」

使用where為疑問詞時，要問的是「地方」，因此答句要確實回答出「地點」或「位置」。

▶ **Where are they having a picnic?**
→ 他們在哪裡野餐？

詳答：**They are having a picnic** <u>in the park</u>.
→ 他們正在公園裡野餐。

簡答：**In the park** → 在公園。

4. how 問「如何」

使用how為疑問詞的現在進行式，經常用來問某人或某事進行的狀況。因此答句會與「好」或「不好」有關。

▶ **How are you doing?** → 你好嗎？

I'm doing <u>well</u>. → 我很好。

▶ **How are things going?** → 事情進行得如何？

Everything is <u>fine</u>. → 一切都很順利。

5. when問「時間」

　　現在進行式除了指目前正在發生的事或正在進行的動作之外，也可以用來表示不久的將來「確定即將發生」的事。因此當現在進行式的問句以when為句首時，便是在問「何時」將發生這件事，回答時要告知「確切的時間」。

▶ **When are you leaving?** → 你何時要離開？

　I am leaving <u>next week</u>. → 我下星期走。

📝 常與現在進行式連用的時間副詞

　　為了表示動作發生的時間為「現在」、「目前」、「此刻」，使用現在進行式的句子時，常與以下時間副詞連用。

now / right now	現在	❶ I am learning English now. 我現在正在學英文。 ❷ She is waiting outside right now. 她現在正在外面等著。
at present / for the time being	**目前** 有「暫時」的含義	❶ We are staying in a hotel at present. 我們目前住在飯店裡。 ❷ He is staying with us for the time being. 他現在暫時跟我們住在一起。
at the moment / at this very moment	**此刻** 強調「此時此刻」，指「較短的」時間	❶ He is resting at the moment. 他此刻正在休息。 ❷ They are practicing very hard at this very moment. 他們此刻正非常努力地在練習。

Lesson4 過去簡單式

📝 什麼時候要用過去簡單式？

❶ 描述發生在過去時間的事情或動作

▶ **The Christmas party started at seven.**

→ 聖誕派對七點就開始了。

❷ 表示在過去時間所存在的狀態

▶ **She was sick last week.** → 她上星期生病了。

❸ 表達發生在過去，並已經結束的事件或動作

▶ **We had fast food for dinner.** → 我們晚餐吃速食。

用時間軸來表示過去式、現在式與未來式的用法：

```
                                    未來
                          I will be eleven in
          過去              two months.
    I was six years        兩個月後我就
      old then.              十一歲了。
    我那時候六歲。
        ●           ●           ●
                  現在
            I am ten years
              old now.
             我現在十歲。
```

📝 過去簡單式的基本句型

過去簡單式的句型可分為be動詞簡單式以及一般動詞簡單式。

$$主詞 + \begin{cases} be動詞 + 補語 \\ 一般動詞 + 受詞 \end{cases}$$

 成果實測

1. ( ) He _____ angry to hear the news.

(A) am (B) was

(C) are (D) were

2. ( ) You _____ working part time in the restaurant before graduation.

(A) is (B) was

(C) are (D) were

3. ( ) They _____ at the bar that night. They were in the restaurant.

(A) was (B) wasn't

(C) were (D) weren't

解答

1. (B) 2. (D) 3. (D)

❶ be動詞的過去簡單式

1. be動詞的過去式，視主詞而有所不同

主詞	I	you, we, they	he, she, it
現在式	am	are	is
過去式	was	were	was

2. 過去簡單式be動詞句型的基本句型

> 肯定句：主詞 ＋ was/were ＋ 補語
> 否定句：主詞 ＋ was/were ＋ not ＋ 補語

be動詞否定句的縮寫：

was not = wasn't；were not = weren't

▶ **James was a baseball player. He was not a tennis player.**

→ James（當時）是棒球運動員。他不是個網球運動員。

▶ **We were in the library. We weren't on the playground.**

→ 我們（那時）是在圖書館裡。我們不在操場上。

3. 過去簡單式be動詞句型的疑問句

只要把be動詞移到句首，就是疑問句了！

▶ **Was Katherine in the bathroom at that time?**

→ Katherine那時在浴室裡嗎？

肯定詳答：**Yes, she was in the bathroom.**
　　　　　→ 對，她在浴室裡。

肯定簡答：**Yes, she was.** → 對，她在。

否定詳答：**No, she wasn't in the bathroom.**
　　　　　→ 不，她不在浴室裡。

否定簡答：**No, she wasn't.** → 不，她不在。

🖊 成果實測

填入正確的字

1. I _____ a student in 1999. Now I _____ a teacher.

2. You _____ handsome at that time, and you are still handsome now.

解答
1. was/ am
2. were

121

▶ **Were the boys excited about the game?**

→ 男孩們對比賽感到興奮嗎？

肯定詳答：**Yes, they were excited about the game.**
→ 是，他們對比賽感到很興奮。

肯定簡答：**Yes, they were.** → 是，他們是的。

否定詳答：**No, they weren't excited about the game.**
→ 不，他們對比賽並不感到興奮。

否定簡答：**No, they weren't.** → 不，他們並不。

❷ 一般動詞的過去簡單式

一般動詞過去式的主要句型結構與現在式的句型相同，只是把動詞改為過去式動詞而已。當動詞改為過去式時，須注意其變化規則。（關於動詞三態變化，請參照〈動詞三態變化〉）

1. 一般動詞過去簡單式的基本句型結構

> 主詞＋ 動詞過去式 ＋……＋過去時間副詞

▶ **We <u>visited</u> the museum yesterday.**

→ 我們昨天參觀了博物館。

▶ **Chris <u>went</u> home with his parents.**

→ Chris跟他爸媽回家了。

▶ **I <u>read</u> a great book this morning.**

→ 我今天早上看了一本很棒的書。

2. 過去簡單式助動詞

與現在式的句型相同，過去式的句型在使用一般動詞的情況下，疑問句及否定句都需要有助動詞。在過去式句子中，助動詞使用過去式，動詞則維持原形。

🖊 成果實測

1. (　) ＿＿＿＿ you late for school yesterday?

(A) Are　　(B) Is

(C) Were　(D) was

解答

1. (C)

122

現在式	過去式	現在式	過去式
do/does	did	may	might
can	could	must	must

3. 過去簡單式的疑問句與答句

否定句：主詞＋ {did not / didn't} ＋動詞原形

例 ▶

肯定句：**She answered the phone.**
→ 她接了電話。

否定句：**She did not answer the phone.**
→ 她沒有接電話。

肯定句：**We saw him there.**
→ 我們在那裡看到他。

否定句：**We didn't see him there.**
→ 我們沒有在那裡看到他。

疑問句：Did ＋主詞＋ 原形動詞？

將過去式句子中的一般動詞拆為「助動詞＋原形動詞」，並將句中的助動詞移到句首，即成疑問句。

▶ **Jack drove his car to work today.**
    did drive
→ Jack今天開他的車去上班。

疑問句：**Did Jack drive his car to work today?**
→ Jack今天是開他的車去上班嗎？

肯定詳答：**Yes, he drove his car to work today.**
→ 是，他今天開他的車去上班。

✏ 成果實測

填入正確的動詞過去式

1. Jessica_____
   (bring) an umbrella with her.

2. Peter's friends _____
   (wait) for him at the bus
   stop.

3. Mike _____ (ride) his
   bike to the park.

4. I _____ (learn)
   swimming before.

5. Linda _____ (do) her
   homework before dinner.

解答
1. brought 2. waited
3. rode 4. learned
5. did

肯定簡答：**Yes, he did.** →是的，他是。

否定詳答：**No, he did not / didn't drive his car to work today.**
→不，他今天不是開他的車去上班。

否定簡答：**No, he did not / didn't.** →不，他不是。

▶ **I <u>saw</u> Mrs. Chang yesterday.**

　　did　see

→ 我昨天有看到張太太。

疑問句：**Did you see Mrs. Chang yesterday?**
→ 你昨天有看到張太太嗎？

肯定詳答：**Yes, I saw her yesterday.**
→ 是，我昨天有看到她。

肯定簡答：**Yes, I did.** →是，我有。

否定詳答：**No, I did not / didn't see her yesterday.**
→ 不，我昨天沒看到她。

否定簡答：**No, I did not / didn't.** →不，我沒看到。

✏️ 成果實測

1. (　) Honest to God, I didn't ＿＿＿ to her.
   (A) lie　　(B) lay
   (C) lied　　(D) laid

2. (　) ＿＿＿ you tell her the truth?
   (A) Are　　(B) Do
   (C) Were　(D) Did

3. (　) She ＿＿＿ on a coat because it's cold outside.
   (A) put
   (B) putting
   (C) didn't put
   (D) putted

解答
1. (A) 2. (D) 3. (A)

常與過去簡單式連用的時間副詞

　　為了表示動作及事件的發生，或某狀態是存在於「過去」，除了動詞使用過去式之外，時間副詞也要使用過去時間副詞。常用來表示過去的時間副詞有：

yesterday（昨天） the day before yesterday（前天） yesterday evening/ last night （昨晚） just now（剛才、不久前） before（以前、過去） then（當時） in 1998（過去年份）	❶ We arrived the day before yesterday. 我們是前天抵達的。 ❷ I lived in Taipei before 2004. 我在2004年之前住在臺北。
last ~ last week（上週） last weekend（上週末） last Monday（上週一） last month（上個月） last summer（去年夏天） last year（去年）	❶ They moved here last summer. 他們是去年夏天搬到這裡來的。 ❷ It snowed last night. 昨天晚上下雪了。
一段時間＋ago five minutes ago（五分鐘前） a day ago（一天前） two weeks ago（兩週前） four months ago（四個月前） ten years ago（十年前）	❶ Your mom called five minutes ago. 你的媽媽五分鐘前打電話來。 ❷ We met each other two weeks ago. 我們兩個星期前才認識對方。

成果實測

1. ( ) I was born _____ 2000.
   (A) on　　(B) in
   (C) at　　(D) of

2. ( ) I knew Stacy ____ last year.
   (A) on　　(B) in
   (C) at　　(D) x

解答
1. (B) 2. (D)

125

Lesson 5 過去進行式

什麼時候要用過去進行式？

❶ 描述過去某個時間正在發生的動作

▶ **Dad was looking for his watch.**
→ 爸爸在找他的手錶。

❷ 表示過去某段時間持續進行的動作

▶ **Mom was napping when I came home.**
→ 當我回到家時，媽媽正在睡午覺。

過去進行式的基本句型

　　be動詞及現在分詞為進行式的基本元素，而在過去進行式的句型中，要使用be動詞的過去式。

$$主詞 + \begin{cases} was \\ were \end{cases} + 現在分詞（V-ing）$$

▶ **Jane was　talking on the phone at that time.**
　　be動詞過去式　　現在分詞（talk + ing）
→ 珍那時正在講電話。

▶ **The kids were　playing here a moment ago.**
　　be動詞過去式　　現在分詞（play + ing）
→ 孩子們剛剛還在這裡玩。

過去進行式的否定句

　　過去進行式的否定句是以be動詞後加上not，或be動詞與not的縮寫式來表示。

$$主詞 + \begin{cases} was not / wasn't \\ were not / weren't \end{cases} + 現在分詞（V-ing）$$

126

► **She was not/ wasn't talking to her mom.**

→ 她並不是在跟她媽媽講話。

► **They were not/ weren't hiding in the house.**

→ 他們並不是躲在屋子裡。

過去進行式的疑問句與答句

過去進行式的疑問句可分為兩種：be動詞疑問句或w-疑問詞疑問句。

❶ be動詞疑問句

只要將句子中的be動詞移到句首，就是疑問句了。

► **They were waiting for the school bus, too.**
→ 他們也正在等校車。

► **Were they waiting for the school bus, too?**
→ 他們也正在等校車嗎？

肯定詳答：**Yes, they were waiting for the school bus, too.**
→ 是，他們也正在等校車。

肯定簡答：**Yes, they were.** → 是，他們是。

否定詳答：**No, they were not/ weren't waiting for the school bus.**
→ 不，他們並沒有在等校車。

否定簡答：**No, they were not/ weren't.**
→ 不，他們沒有。

► **She was taking a nap at the moment.**
→ 她那時正在睡午覺。

► **Was she taking a nap at the moment?**
→ 她那時正在睡午覺嗎？

肯定詳答：**Yes, she was taking a nap at the moment.**
　　　　　→ 是，她那時正在睡午覺。

肯定簡答：**Yes, she was.** → 是，她是。

否定詳答：**No, she was not/ wasn't taking a nap
　　　　　at the moment.**
　　　　　→ 不，她那時並沒有在睡午覺。

否定簡答：**No, she was not/ wasn't.** → 不，她沒有。

❷ **W-疑問詞疑問句**

1. What 問的是「什麼」，答句要針對「**what**」回答適當的受詞

　▶ **What was he reading at that time?**
　→ 他那時候在讀什麼？

　▶ **He was reading a book.**
　→ 他正在讀一本書。

2. Where 問的是「哪裡」，答句要針對「**where**」回答事情發生的地點

　▶ **Where were you hiding when he came in?**
　→ 他進來時，你們躲在哪裡？

　▶ **We were hiding in the closet.**
　→ 我們躲在衣櫃裡。

3. Who 問的是「誰」，答句要針對「**who**」回答接受動作的對象

　▶ **Who were they waiting for?**
　→ 他們正在等誰？

🖊 **成果實測**

1. (　) James: What were you doing at that time?

　　Jane: _____.

　(A) In the living room

　(B) Watching TV

　(C) My parents

2. (　) Helen: _____ were you talking to?

　　Peter: I was talking to my boss.

　(A) How

　(B) What

　(C) Who

將句子改為過去進行式

3. What did the boys do in the back yard?

_____

_____

解答
1. (B) 2. (C)
3. What were the boys doing in the back yard?

▶ **They were waiting for <u>their cousin</u>.**

→ 他們正在等他們的表弟。

📋 常與過去進行式連用的時間副詞

為了強調動作、事件發生或存在於過去某一特定時間，過去進行式常與表示某一特定時間的「副詞片語」或「副詞子句」連用。

❶ 副詞片語

then （那時） at that time （那時） at the moment （當時）	I was cooking dinner at the moment. 我當時正在煮晚餐。
at＋特定時間 at ten o'clock last night （昨晚十點） at four a.m. this morning （今晨四點）	We were sleeping at ten o'clock last night. 我們昨晚十點正在睡覺。
時間＋ago five minutes ago （五分鐘之前） an hour ago （一小時之前） a month ago （一個月前）	The man was standing over there an hour ago. 男子一小時前就站在那裡。

❷ 副詞子句

表示過去特定時間的副詞子句通常由連接詞when、while或as（當）引導。副詞子句在前時，須以逗號與過去進行式的句子隔開，副詞子句在後則不用逗號。

1. 過去簡單式的副詞子句

過去某個時間有兩個動作同時發生時，動作發生時間較長或動作保持持續進行的狀態者，用過去進行式，而動作發生時間較短者，則用過去簡單式。

▶ **He was taking a shower when the phone rang.**

　　洗澡是持續進　　　　　電話響是暫時
　　行的動作　　　　　　　發生的事情

→ 電話響時，他正在洗澡。

▶ **When I came home, Mom was taking a nap.**

　　回到家是短暫　　　睡午覺是持續進
　　發生的動作　　　　行的動作

→ 當我回到家時，媽媽正在午睡。

2. 過去進行式的副詞子句

當動作發生或持續進行時，有另一個動作也同時發生或同時持續進行，則連接詞前後兩個句子都使用過去進行式。

▶ **The boys were playing baseball while the girls were playing house.**

→ 男孩們打棒球時，女孩們在玩辦家家酒。

▶ **While Dad was watering the garden, Mom was cleaning the house.**

→ 爸爸在幫花園澆水時，媽媽在打掃屋子。

Lesson 6 未來簡單式

📝 什麼時候會用到未來簡單式呢？

❶ 表示未來將發生的事件、活動

▶ **The party will start at seven.**

→ 派對會在七點開始。

❷ 描述未來時間的計劃或安排

▶ **We will have a party this Saturday night.**

→ 我們這星期六晚上將會辦一場派對。

❸ 描述未來可能發生的活動或狀態

▶ **It will rain this afternoon.**

→ 今天下午將會下雨。

📝 未來簡單式的基本句型

❶ 主詞＋will＋原形動詞

　　will為表示未來式時態的助動詞，適用於各種人稱，後面接原形動詞。

▶ **I　will　go　to the movies.**
　　主詞　助動詞　原形動詞

→ 我將會去看電影。

▶ **She　will　come　home soon.**
　　主詞　　助動詞　　原形動詞

→ 她很快就會回家。

▶ **Everything　will　be fine.**
　　　主詞　　　　助動詞　原形動詞

→ 一切都將會沒事的。

✏️ 成果實測

1. (　) She will _____
   out the garbage
   tomorrow.

   (A) taking　(B) takes

   (C) take　(D) taken

2. (　) They are so tired
   that they _____
   go to the party tonight.

   (A) be　　　(B) will

   (C) be not　(D) will not

　　　解答
1. (C) 2. (D)

❷ 主詞＋be動詞＋going to＋原形動詞

片語助動詞be going to的be動詞，須根據主詞人稱不同而做變化。

				going to＋V
I		I	am	
You You They We	will＋V＝	You You They We	are	
He She It		He She It	is	

▶ <u>Jimmy</u>　<u>is going to</u>　<u>be</u>　six next month.

　　　主詞　　　片語助動詞　　原形動詞

→ Jimmy下個月就六歲了。

▶ <u>I</u>　<u>am going to</u>　<u>ask</u>　her out.

　主詞　　片語助動詞　　　原形動詞

→ 我將要約她出去。

▶ <u>They</u>　<u>are going to</u>　<u>lose</u>　the game.

　　主詞　　　片語助動詞　　原形動詞

→ 他們將要輸掉比賽了。

❸ will與be going to在使用上的差異

助動詞will一般可與片語助動詞be going to互替使用。

▶ They <u>will meet</u> us at the station.

＝ They <u>are going to meet</u> us at the station.

→ 他們將會在車站跟我們碰面。

▶ She <u>will stay</u> at home.

＝ She <u>is going to stay</u> at home.

→ 她將會待在家裡。

✏️ **成果實測**

1. (　) It ＿＿＿ going to rain this afternoon.

   (A) be　　(B) are

   (C) does　(D) is

2. (　) He ＿＿＿ tell me the truth.

   (A) is

   (B) will going to

   (C) is to

   (D) will

解答
1. (D) 2. (D)

雖然可互替使用，但will與be going to在含義上仍稍有不同。

	will	be going to
使用時機	① 描述「未來」的活動或狀態。 ② 預期未來可能發生之事。	① 描述「近期之內」之計畫或打算。 ② 表示幾乎確定會發生之事。
語氣	語氣較為不肯定	語氣肯定
例句比較	① We will buy a car someday. 我們總有一天會買車。 → 説明未來有買車的計劃 ② The weather report says it will rain today. 氣象報導説今天會下雨。 → 對未來可能發生之事的預測	① We are going to buy a car this month. 我們這個月要買輛車。 → 説明近期之內的購車計劃 ② Look at the dark clouds! It's going to rain soon! 看那烏雲！馬上就要下雨了！ → 對不久後即將發生的事確實預測

未來簡單式的否定句

主詞 + { will not / won't } + 原形動詞

=主詞+be動詞＋not going to+原形動詞

▶ I will not go to the college.

= I am not going to go to the college.

→ 我不會去上大學。

成果實測

將下列句子以片語助動詞 be going to 改寫

1. Mom will bake a cake for the party.

→ Mom _____ _____ for the party.

2. I will tell teacher the truth.

→ I _____ _____ teacher the truth.

3. Henry and I will not go to school tomorrow.

→ Henry and I _____ _____ to school tomorrow.

4. Everything will be alright.

→ Everything _____ _____ alright.

5. They will move to a bigger house.

→ They _____ _____ to a bigger house.

解答
1. is going to bake a cake
2. am going to tell
3. are not going to go
4. is going to be
5. are going to move

► We <u>will not move</u> to New York.

= We <u>are not going to move</u> to New York.

→ 我們不會搬到紐約。

📝 未來簡單式的疑問句與答句

與其他助動詞疑問句以及be動詞疑問句相同，只要將未來簡單式句子中的助動詞will或be動詞移到句首，即成疑問句。

❶ 肯定疑問句

> Will＋主詞＋原形動詞＋……?
> Be動詞＋主詞＋ going to＋原形動詞＋……?

► **James <u>will</u> invite Julie to his party.**

→ James會邀請茱莉去他的派對。

► **<u>Will</u> James invite Julie to his party?**

→ James會邀請茱莉去他的派對嗎？

肯定詳答：**Yes, he will invite her.**
　　　　　→ 是，他將會邀請她。

肯定簡答：**Yes, he will.** → 是，他會。

否定詳答：**No, he will not invite her.**
　　　　　→ 不，他將不會邀請她。

否定簡答：**No, he will not./ No, he won't.**
　　　　　→ 不，他不會。

► **You <u>are</u> going to stay with us.**

→ 你將會跟我們住在一起。

► **<u>Are</u> you going to stay with us?**

→ 你將會跟我們住在一起嗎？

肯定詳答：**Yes, I am going to stay with you.**
　　　　　→ 是，我將會跟你們住在一起。

📝 成果實測

句子配對

> a. I'm going to go to school by taxi.
> b. She will take care of the baby.
> c. Yes, he is.
> d. No, they won't.
> e. Yes, we will.

1. (　　) How are you going to go to school?

2. (　　) Will your parents be at home tomorrow?

3. (　　) Is Tim going to join us for lunch?

4. (　　) Won't you go shopping with us?

5. (　　) What will Emily do this afternoon?

解答
1. (a) 2. (d) 3. (c)
4. (e) 5. (b)

肯定簡答：**Yes, I am.** → 是，我會。

否定詳答：**No, I'm not going to stay with you.**
→ 不，我將不會跟你們住在一起。

否定簡答：**No, I'm not.** → 不，我不會。

❷ 否定疑問句

否定疑問句的助動詞／be動詞，常與not以縮寫的形式出現，如won't/isn't/aren't等。若是不以縮寫形式出現，則須注意not在句子中的位置。

> Won't＋主詞＋原形動詞＋……？
> Will＋主詞＋not＋原形動詞＋……？

> Be not的縮寫式＋主詞＋ going to＋原形動詞＋……？
> Be動詞＋主詞＋ not going to＋原形動詞＋……？

▶ **Dad won't go shopping with us.**

→ 爸爸不會跟我們一起去逛街。

▶ **Won't Dad go shopping with us?**

→ 爸爸不會跟我們一起去逛街嗎？

肯定簡答：**Yes, he will.** → 會啊，他會去。

否定簡答：**No, he will not./ No, he won't.**
→ 對，他不去。

▶ **John isn't going to retire.**

→ 約翰並沒有要退休。

▶ **Isn't John going to retire?**

→ 約翰不是即將退休嗎？

肯定簡答：**Yes, he is.** → 是啊，沒錯。

否定簡答：**No, he is not./ No, he isn't.**
→ 不，他不是。

📝 **成果實測**

1.（　）Won't he go camping with us?

(A) Yes, he won't.

(B) No, he will.

(C) Yes, he will not.

(D) No, he won't.

2.（　）＿＿＿＿ going to travel to the USA?

(A) Aren't I

(B) Isn't I

(C) Amn't I

(D) Am I not

解答
1. (D) 2. (D)

常與未來簡單式連用的時間副詞

為了表示事件、活動或狀態的發生或存在是在「未來」，使用未來簡單式時，常與以下時間副詞連用。

tomorrow（明天） the day after tomorrow（後天） later（稍晚） soon/right away（馬上） in the future（將來） tonight（今晚） this weekend（這個週末） on the weekend（週末） sometime（未來某個時間） some day（未來某一天）	We will talk about this later. 我們待會兒將會討論這件事。
next～ next week/month/year （下星期／下個月／明年） next Monday（下週一） next summer（明年夏天）	I won't be in the office next week. 我下星期將不會在公司。
in + 一段時間 in a few hours（幾小時後） in two days（兩天後） in a week（一週後） in three months（三個月後） in a year（一年後）	The show will begin in ten minutes. 表演將在十分鐘後開始。
連接詞引導的時間副詞 when I grow up（當我長大時） before you come home （當你回家前） after dinner（晚飯後） after that（在那之後） until then（直到那時）	She will call me when she arrives. 她到達時將會打電話給我。

成果實測

1. （　）I will study abroad _____.
   - (A) sometime
   - (B) sometimes
   - (C) just before
   - (D) yesterday

2. （　）The festival will be held _____.
   - (A) June
   - (B) next day
   - (C) in few weeks
   - (D) last night

3. （　）I will become a lawyer _____.
   - (A) when I am 25
   - (B) after that
   - (C) growing up
   - (D) until then

解答
1. (A) 2. (C) 3. (A)

Lesson 7 授與動詞

什麼是授與動詞呢？

一般而言，及物動詞後面都只接一個受詞，例：I love my mother.（我愛我的媽媽。）love這個動詞在此句裡的受詞，就是my mother（我的媽媽）。

而授與動詞卻是後面「可以有兩個受詞」的動詞，如：I gave my mother a hug.（我給我的媽媽一個擁抱。）動詞 gave（give的過去式）在這個句子裡，有兩個受詞，一個是 my mother（我的媽媽），一個是a hug（一個擁抱）。

授與動詞的兩個受詞

授與動詞有兩個受詞，一個為直接受詞，另一個則為間接受詞。授與動詞直接施與動作的對象，稱為「直接受詞」，直接受詞通常為「物」，如give a hug（給一個擁抱）的a hug，或是tell a story（說一個故事）的a story。

授與動詞後，接受直接受詞「物」的對象，稱為「間接受詞」，間接受詞通常為「人」，如give a hug to me（將一個擁抱給我）的me，或是tell a story to the kids（將一個故事說給孩子們聽）的the kids。先要把「物」準備好，才能把物提供給「人」，因此「物」為直接受詞，得到物品的「人」則為間接受詞。

授與動詞的基本句型結構

> 主詞＋授與動詞＋物＋介系詞＋人（或動物）
> ＝主詞＋授與動詞＋人（或動物）＋物

❶ 間接受詞在後時，與直接受詞之間必須有「介系詞」

▶ **Mom made a sandwich for me.**

　　授與動詞　　直接受詞　　介系詞　間接受詞

→ 媽媽做了一個三明治給我。

❷ 間接受詞在前時，與直接受詞之間不必有介系詞

▶ **Mom made　 me　a sandwich.**

　　授與動詞　 間接受詞　直接受詞

→ 媽媽做了一個三明治給我。

📝 常用的授與動詞與句型用法

❶ 需要有介系詞的句型

　　直接受詞在間接受詞前面時，兩個受詞間必須有介系詞to或for。不同的授與動詞使用的介系詞也有所不同。

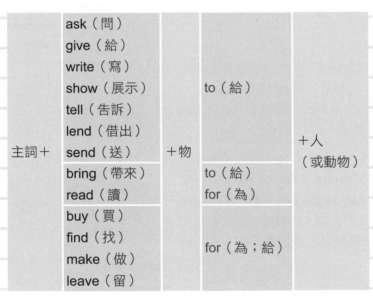

主詞＋	ask（問） give（給） write（寫） show（展示） tell（告訴） lend（借出） send（送）	＋物	to（給）	＋人 （或動物）
	bring（帶來） read（讀）		to（給） for（為）	
	buy（買） find（找） make（做） leave（留）		for（為；給）	

▶ **She gave the cookies to the hungry dog.**

→ 她將餅乾給了饑餓的狗兒。

▶ **Can you read the newspaper for me?**

→ 你可以讀報紙給我聽嗎？

▶ **I will find a chair for you.**

→ 我會找張椅子給你。

　　bring、read這兩個動詞的介系詞要視情況需要，再來決定該使用to或for，to有「對（某人）」、「給（某人）」的含義，而for則有「為了（某人）而做」的含義。

▶ **Dad read a bedtime story for me before I sleep.**

→ 爸爸在我睡前為我唸了一個床邊故事。

▶ **Miss Lin read an article to her class.**

→ 林老師唸了一篇文章給班上學生聽。

▶ **Can you bring this umbrella to your sister?**

→ 你可以將這把傘帶去給你姊姊嗎？

▶ **We will bring some snacks for the kids.**

→ 我們會幫孩子們帶一些點心來。

❷ 不用介系詞的句型

主詞＋	ask（問） give（給） write（寫） show（展示） tell（告訴） lend（借出） send（送） bring（帶來） read（讀） buy（買） find（找） make（做） leave（留）	＋人（或動物）	＋物

▶ **Steven brought Lily some flowers.**

→ Steven帶給Lily一些花。

▶ **Please tell me the truth.**

→ 請告訴我真相。

139

授與動詞後面的兩個受詞（直接受詞與間接受詞）在句子中的位置是可以互相調換的，只要注意直接受詞在前時，與間接受詞之間必須要加上適當的介系詞。

▶ **The teacher gave <u>the students</u> <u>a lot of homework</u>.**

　　　　　　　　間接受詞（人）　　　直接受詞（物）

= **The teacher gave <u>a lot of homework</u> to <u>the students</u>.**

　　　　　　　　直接受詞（物）　　　間接受詞（人）

→ 老師給了學生們很多的回家作業。

▶ **My cousin wrote <u>me</u>　　　<u>a letter</u>.**

　　　　　　間接受詞（人）　　直接受詞（物）

= **My cousin wrote <u>a letter</u> to <u>me</u>.**

　　　　　　　　直接受詞（物）　間接受詞（人）

→ 我表哥寫了一封信給我。

▶ **I want to make <u>my dog</u>　　　<u>a house</u>.**

　　　　　　間接受詞（動物）　　直接受詞（物）

= **I want to make <u>a house</u> for <u>my dog</u>.**

　　　　　　　　直接受詞（物）　間接受詞（動物）

→ 我想做一間屋子給我的狗。

Lesson 8 使役動詞

什麼是使役動詞呢？

使役動詞，照字面來看，就是「指使、差役」別人去做某事的動詞。使役動詞與一般動詞的差異在於，一般動詞是一個完整句子中的「唯一動詞」，若受詞後面要再接其他動詞，則必須以「不定詞或動名詞」的方式出現，但使役動詞在接受詞後，卻可以「直接接另一個動詞」，且該動詞必須以「原形動詞」方式出現。

一般動詞與使役動詞的比較

一般動詞

▶ **Mom asked me to clean up** the room.

　　一般動詞　受詞　　不定詞

使役動詞

▶ **Mom made me clean up** the room.

　　使役動詞　受詞　　原形動詞

使役動詞的基本句型

主詞＋使役動詞＋受詞＋原形動詞

在使用使役動詞的句子中，雖然會出現兩個以上的動詞，但是只有使役動詞需要隨主詞及時態做變化。受詞後面的動詞，則不受主詞或時態影響，永遠保持原形動詞的形式。

常見的使役動詞	過去式
let（允許；讓）	let
have（使、叫、要某人做……）	had
make（使得；叫、要某人做……）	made

成果實測

1. (　) Dad always makes me ___ to bed early.
   (A) go　(B) to go
   (C) going　(D) gone

2. (　) Mrs. Chen _____ Lily to come to work on time.
   (A) lets　(B) makes
   (C) wants　(D) has

3. (　) Don't worry. Mr. Lin will _____ someone fix the printer.
   (A) tell　(B) want
   (C) get　(D) have

4. (　) Will you _____ me use your phone, please?
   (A) ask　(B) get
   (C) tell　(D) let

依提示填空

5. Mom _____ (make) us _____(take out) the garbage after dinner.

6. I will _____(have) him _____(call) you back.

解答
1. (A) 2. (C) 3. (D)
4. (D)
5. made; take out
6. have; call

141

▶ **The lion <u>lets</u> the mouse <u>go</u>.**

      使役動詞+s   受詞後的動詞保持原形

→ 獅子讓老鼠走。

　　在這個句子中，主詞為第三人稱單數名詞the lion，因此這個句子的主要動詞，也就是使役動詞let，要跟著主詞變化為單數動詞lets。受詞the mouse後的動詞go，則不受主詞影響，保持原形。

▶ **After dinner, Mom <u>made</u> me <u>do</u> the dishes.**

          使役動詞過去式   受詞後的動詞保持原形

→ 晚餐後，媽媽要我洗碗。

　　在這個時態為過去簡單式的句子中，使役動詞make受到時態影響，要使用過去式made。受詞me後的動詞do，則不受時態影響，保持原形。

▶ **I will <u>have</u> her <u>apologize</u> to you.**

       使役動詞   受詞後的動詞保持原形

→ 我會要她向你道歉。

　　在這個時態為未來式的句子中，使役動詞have在助動詞will後面要用原形。受詞her後面的動詞apologize則不受時態影響，保持原形。

三個常用使役動詞的比較

let	have	make
表示「讓」某人去做某事，有「允許」的含義。	表示「叫；使」某人去做某事，口氣較委婉。	表示「迫使某人做某事」，語氣最強烈。
You should let him drive the car. 你應該讓他開車。	I'll have him call you back. 我會叫他回電給你。	You can't make me lie. 你不能強迫我說謊。

📓 使役動詞的否定句

與一般動詞的句型相同，使用使役動詞的句子，只要在使役動詞前加上「助動詞＋not」或是其縮寫式，就是否定句了。助動詞後的使役動詞必為原形，而受詞後面的動詞則仍不受影響，保持原形。

主詞 ＋	do not / don't does not / doesn't did no / didn't can not / can't will not / won't should not / shouldn't must not / mustn't	＋使役動詞＋受詞 ＋原形動詞

▶ **My father <u>won't</u> let me go alone.**

→ 我爸不會讓我單獨去。

▶ **You <u>can't</u> make me do it.**

→ 你不能逼我做那件事。

📓 使役動詞的疑問句與答句

與一般動詞的句型相同，使役動詞的句子需要一個助動詞來形成疑問句，只要句子前加入適當的助動詞，就成為疑問句了！至於要使用什麼助動詞，要視主詞、時態以及語氣來決定。

▶ **Your mom lets you play computer games.**

→ 你媽讓你玩電腦遊戲。

▶ **<u>Does</u> your mom let you play computer games?**

→ 你媽會讓你玩電腦遊戲嗎？

肯定詳答：**Yes, she lets me play computer games.**
　　　　　→ 是，她會讓我玩電腦遊戲。

肯定簡答：**Yes, she does.** → 是，她會。

🖊 成果實測

1. (　　) Mr. Smith didn't
_____ play basketball.

　(A) letting us

　(B) let us

　(C) let's

　(D) let

依提示填空

2. You can't _____
(make) me _____(lie)
to the police.

解答
1. (B) 2. make; lie

🖊 成果實測

依提示填空

1. Will Dad _____(let)
me _____(drive) his
car to work?

解答
1. let; drive

否定詳答：**No, she doesn't let me play computer games.** → 不，她不讓我玩電腦遊戲。

否定簡答：**No, she doesn't.** → 不，她不會。

▶ **I should make him sign the contract.**

→ 我應該要叫他簽合約。

▶ **Should I make him sign the contract?**

→ 我應該要叫他簽合約嗎？

肯定詳答：**Yes, you should make him do it.**
　　　　　→ 是，你應該要他這麼做。

肯定簡答：**Yes, you should.** → 是，你應該要。

否定詳答：**No, you shouldn't make him do it.**
　　　　　→ 不，你不該要他這麼做。

否定簡答：**No, you shouldn't.** → 不，你不應該。

📝 使役動詞的進階用法

❶ let（允許；讓）

　　let的受詞為us時，可以縮寫成let's，但是let us與let's卻是兩種不同的意思。

let us	let us = let's
主詞為第三人稱（they/he/she）let有「允許、答應」的含義，即「某人允許我們做某事」。	主詞為we，而主詞與受詞指的是同一群人，故可省略主詞we，做祈使句用，表示「讓我們……吧！」
let us不可縮寫。	let us可縮寫成let's。

✏️ 成果實測

1. ( ) _____ go camping this weekend!

   (A) Let's

   (B) Let us

   (C) A、B皆可

   (D) A、B皆不可

2. ( ) The teacher won't _____ go to the party tonight.

   (A) Let's

   (B) Let us

   (C) A、B皆可

   (D) A、B皆不可

3. ( ) Grandma _____ me eat some candy.

   (A) make　(B) have

   (C) let　　(D) get

Please let us go.

→ 請讓我們離開。

Mom won't let us keep the dog.

→ 媽媽不會讓我們養這隻狗的。

Let us help each other.

→ 讓我們互相幫助吧！

Let's get out of here.

→ 我們離開這裡吧！

❷ have（要；使……被……）

have的受詞後的動作，若是由受詞主動做的，接原形動詞，表示「要某人做……」；若是受詞被動完成的動作，則接過去分詞，表示「使……被……」。

主詞＋have＋受詞＋ { 原形動詞 （受詞主動）
　　　　　　　　　　 過去分詞 （受詞被動）

▶ **Mom had me <u>wash</u> my hands.**

　　　　　　 受詞　原形動詞

→ 媽媽要我洗手。

▶ **Have <u>your hands</u> <u>washed</u> before you eat.**

　　　　　受詞　　　　　 wash的過去分詞

→ 吃東西前，把手洗乾淨。

使役動詞後的受詞me（人）可以做「洗手」這個動作，因此使用wash原形動詞，表示「我去洗手」；使役動詞後的受詞your hands（物）無法自己做wash（洗）這個動作，必須「被洗」，因此要用過去分詞washed，表示「手被洗好」。

4. (　) Dad had me _____ the dinner. = Dad had the dinner _____ by me.

(A) cook; cooked

(B) cook; cooking

(C) cooking; cooked

(D) cooking; cooking

5. (　) Mom had me ____ the homework. = Mom had the homework _____ by me.

(A) do; done

(B) done; done

(C) do; doing

(D) done; doing

解答
1. (C) 2. (B) 3. (C)
4. (A) 5. (A)

▶ **Dad had <u>Jamie</u> <u>do</u> her homework.**

　　　　　　受詞　原形動詞

→ 爸爸叫Jamie做回家作業。

▶ **Jamie had <u>her homework</u> <u>done</u> before dinner.**

　　　　　　　受詞　　　　　do的過去分詞

→ Jamie在晚餐前把作業完成了。

　　使役動詞後的受詞Jamie（人）可以做「做作業」這個動作，因此使用do原形動詞，表示「Jamie去做回家作業」；使役動詞後的受詞her homework（物）並不會自己主動做do（做）這個動作，因此要用過去分詞done，表示「作業被完成」。

❸ **make（迫使；要）**

　　make的受詞後的動作，若是由受詞主動做的，接原形動詞，表示「迫使某人做某事」，有「強迫、 使對方不得不做」的含義；若是受詞被動完成的動作，則接過去分詞，表示「使……被……」。

主詞＋make＋受詞＋$\begin{cases} 原形動詞 （受詞主動） \\ 過去分詞 （受詞被動） \end{cases}$

▶ **She made <u>the students</u> <u>stay</u> quiet.**

　　　　　　　受詞　　　　原形動詞

→ 她要學生保持安靜。

▶ **She had to shout to make <u>herself</u> <u>heard</u>.**

　　　　　　　　　　　　　受詞　　　hear的過去分詞

→ 她得大喊才能讓自己被聽見。

　　使役動詞後的受詞the students（人）做出「保持安靜」的動作，因此stay用原形動詞，表示「要學生保持安靜」；使役動詞後的受詞herself（she的反身代名詞）是要主詞she的聲音「被其他人聽見」，因此受詞後的動詞hear要用過去分詞heard，表示「被（他人）聽到」。

▶ **The police <u>made</u> <u>the foreigner</u> <u>stop</u>.**
　　　　　　　　　　　　受詞　　　原形動詞

→ 警察叫那外國人停下來。

▶ **The police <u>made</u> <u>himself</u> <u>understood</u> by speaking English.**
　　　　　　　　　受詞　　understand的過去分詞

→ 警察說英文好讓對方了解自己的意思。

　　使役動詞後的受詞the foreigner（外國人）做出「停下來」的動作，因此stop用原形動詞，表示「叫外國人停下來」；使役動詞後的受詞himself（警察的反身代名詞）是要主詞「警察」的意思「被外國人理解」，因此受詞的動詞understand要用過去分詞understood，表示「被（對方）理解」。

📝 常與使役動詞搞混的動詞

❶ get（使；命令）

　　get這個動詞也有表示「使；命令」的意思，但是用法與使役動詞不同。get的受詞後的動作，若是由受詞主動做的，接不定詞（to＋原形動詞），表示「要某人做某事」；若是受詞被動完成的動作，則接過去分詞，表示「使……被……；使……成為某種狀態」。

主詞＋get＋受詞＋	不定詞（to + V）→ 受詞主動
	過去分詞（V-p.p.）→ 受詞被動

▶ **Please <u>get</u> Peter to fix the machine.**
　　　　　　受詞　　不定詞

→ 請叫彼得來修理機器。

▶ **Peter <u>got</u> <u>the machine</u> <u>fixed</u>.**
　　　　　　受詞　　　fix的過去分詞

→ 彼得把機器修好了。

✏️成果實測

依提示填空

1. Can you _____(get)
someone _____
_____(clean up)
the meeting room?

解答

1. get; to clean up

get的受詞為Peter，也就是做「修理」動作的人是Peter，因此受詞後面的動作用不定詞to fix，表示「叫彼得修理機器」；get的受詞為the machine（機器），機器無法行使「修理」的動作，因此要用fix的過去分詞fixed，表示機器「已經被修好了」，或Peter已經讓機器「成為修理好的狀態」。

▶ **We need to <u>get</u> someone to help us.**
受詞　　　　不定詞

→ 我們必須找人來幫我們。

▶ **We must <u>get</u> <u>the job</u> <u>done</u> today.**
受詞　　do的過去分詞

→ 我們今天一定得把工作完成。

　　get的受詞為someone（某人），也就是做「幫忙」動作的是某人，因此受詞後面的動作用不定詞to help，表示「叫某人幫忙」；get的受詞為the job（工作），工作無法「自己做」，因此要用do的過去分詞done，表示我們得讓工作「被做好」，或讓工作「成為被完成的狀態」。

❷ help（幫助）

1. 跟使役動詞一樣，help接受詞後，也可以直接接原形動詞表示「幫……做……」。

> 主詞＋help＋受詞＋原形動詞

▶ **Please help me feed the cat.**

→ 請幫我餵貓。

▶ **I won't help you do your homework.**

→ 我不會幫你做回家作業。

📝 **成果實測**

1. (　) Please help me ＿＿＿＿ care of the baby.

　(A) take　(B) takes

　(C) taking (D) took

2. (　) I couldn't help ＿＿ when seeing a big cockroach in my room.

　(A) scream

　(B) to scream

　(C) screaming

　(D) screamed

3. (　) She ＿＿＿＿＿＿＿ when hearing her mom's death.

　(A) can help crying

　(B) can't help to cry

　(C) can't help crying

　(D) can't help to cry

解答

1. (A) 2. (C) 3. (C)

2. help常與can't連用，後面接現在分詞（V-ing）時，表示「忍不住……」。

▶ **I can't help crying.**

→ 我忍不住哭泣。

▶ **He couldn't help laughing.**

→ 他忍不住大笑。

其他用來表示命令或要求的動詞

　　除了let、make、have三個使役動詞，以及get之外，一般動詞中的ask（要求）、tell（告訴）及want（要）也可以用來表示「命令」或「要求」，但是跟get一樣，受詞後面都必須接不定詞（to＋V），不能直接接原形動詞。

主詞 ＋	ask tell want	＋ 受詞 ＋ 不定詞（to ＋ V）

▶ **Mom asked me to do the dishes.**

→ 媽媽要我洗碗。

▶ **Please tell the man to leave.**

→ 請叫那男子離開。

▶ **She wants me to go with her.**

→ 她要我跟她一起去。

成果實測

1. (　) The police ___ the thief to freeze.

(A) tell　　(B) telling

(C) telled　(D) told

2. (　) The teacher sternly _____ me to do the homework.

(A) asked

(B) wanted

(C) asking

(D) wanting

解答
1. (D) 2. (A)

Lesson 9 連綴動詞

什麼是連綴動詞?

　　英文的動詞中,有一種動詞的目的不是為了表現動作,而是作為主詞與主詞補語之間的橋樑,後面接「名詞」或「形容詞」來作為主詞補語,以補充說明、描述或點綴主詞,這類動詞就是「連綴動詞」。

使用連綴動詞的主要句型結構

主詞＋連綴動詞＋主詞補語

▶ You <u>are</u>   <u>beautiful.</u> → 你很美麗。
　　　　連綴動詞　　主詞補語

▶ She <u>looks</u>   <u>sick.</u> → 她看起來病了。
　　　　連綴動詞　　主詞補語

▶ He <u>became</u>   <u>angry.</u> → 他變得生氣。
　　　　連綴動詞　　　主詞補語

連綴動詞有三種

❶ be動詞

　　be動詞後面可接名詞(或名詞相等語,如名詞片語)及形容詞,用來表示主詞的身份或描述、形容主詞的狀態。

$$主詞＋be＋\begin{cases}名詞\\形容詞\end{cases}$$

▶ My name <u>is</u>   <u>Amy.</u> → 我的名字是Amy。
　　　　　連綴動詞　名詞

這個句子中的補語為名詞Amy,表示主詞「我的名字」是Amy。

成果實測

1. (　) Be careful. Lions _____ very dangerous animals.

(A) are　　(B) sound

(C) feel　(D) become

2. (　) Amy is _____ Everyone likes her.

(A) she　　(B) student

(C) cute　(D) going

解答

1. (A) 2. (C)

▶ **I am   an English teacher.** → 我是一名英文老師。

連綴動詞　　　　名詞片語

這個句子中的補語為名詞片語an English teacher，説明主詞「我」是「一名英文老師」。

▶ **This movie is   great.** → 這部電影很棒。

連綴動詞　形容詞

這個句子中的補語為形容詞great，描述主詞「這部電影」是「很棒的」。

❷ 描述「當下狀態或感覺」的感官動詞

sound（聽起來……）、look（看起來……）、smell（聞起來……）、taste（嘗起來……）及feel（感覺起來……；摸起來……）等感官動詞之後直接接「形容詞」，用來描述主詞當下的狀態或是主詞給説話者當下的感覺。

主詞＋ { sound / look / smell / feel / taste } ＋ { 形容詞 / like＋名詞 }

1. 接形容詞

▶ **Your idea sounds interesting.**

連綴動詞　　　形容詞

→ 你的點子聽起來很有意思。

這個句子的連綴動詞sound後面接形容詞interesting作為補語，表示主詞「你的點子」使人當下聽起來覺得「很有意思」。

1. (　) It feels like _____.

   (A) happy　(B) lazy

   (C) wrong　(D) an egg

2. (　) The cake doesn't _____ good, but it _____ great.

   (A) look; tastes

   (B) is; is

   (C) feel; sounds

   (D) be; gets

解答

1. (D) 2. (A)

► **The dress** <u>looks</u> **expensive.**

　　　　　　連綴動詞　　形容詞

→ 這件洋裝看起來很昂貴。

　　這個句子的連綴動詞look後面接形容詞expensive作為補語，說明主詞「這件洋裝」看起來感覺「很昂貴」。

► **The milk** <u>smells</u>　<u>sour.</u>

　　　　　　連綴動詞　　形容詞

→ 這牛奶聞起來酸了。

　　這個句子的連綴動詞smell接形容詞sour作為補語，表示主詞「牛奶」聞起來「是酸的」。

2. 接名詞（須加介系詞）

► **The steak** <u>tastes</u>　<u>like</u>　<u>rubber.</u>

　　　　　　連綴動詞　介系詞　　名詞

→ 這牛排吃起來像是橡膠。

　　這個句子的連綴動詞taste後面要有介系詞like才能接名詞rubber作為主詞的補語，表示主詞「這塊牛排」嘗起來「就像是橡膠一樣」。

► **You** <u>sound</u>　<u>like</u>　**my mother.**

　　　　連綴動詞　介系詞　　名詞片語

→ 你聽起來就像是我媽一樣。

　　這個句子的連綴動詞sound要有介系詞like才能接名詞片語my mother作為補語，以表示主詞「你」講話聽起來「像是我媽一樣」。

✏️**成果實測**

1. (　　) You look ___ when
　　　you wear this dress.

　(A) like your mom

　(B) your mom

　(C) great like

　(D) like great

解答

1. (A)

❸ 表示「轉換或轉變」的動詞

用來表示主詞由某一種狀態「轉變成」另一種狀態的動詞有get（變得）、become（變得；成為）、turn（變為）等。後面接形容詞以描述主詞轉變後的狀態；後面接名詞或代名詞，則說明主詞從某種身份轉變為另一種身份。

$$主詞 + \begin{cases} get \\ become \\ turn \end{cases} + \begin{cases} 形容詞 \\ 名詞 \end{cases}$$

▶ **The children** <u>got</u>   <u>tired</u>.

           連綴動詞   形容詞

→ 孩子們累了。

這個句子的連綴動詞got（get的過去式）後面接形容詞tired做補語，表示主詞「孩子們」從原本不累的狀態變成「累的狀態」。

▶ **Jennifer** <u>became</u> **a writer** after she retired.

           連綴動詞   名詞片語

→ Jennifer在退休後，成了一位作家。

這個句子的連綴動詞became（become的過去式）後面接名詞片語a writer做補語，表示主詞Jennifer在退休之後，身份轉變成「一名作家」。

🖉 **成果實測**

1. (　) The leaves will all
　　_____ red in fall.

(A) are　　(B) turn

(C) feel　　(D) look

填入適當的連綴動詞（每字只填一次）

| sounds　is　look　turns |
| tastes　feels　getting |

2. His face _____
red when he _____
angry.

3. The cake _____
great. Did you make it?

4. Amanda _____
a beautiful little girl.

5. Mr. Robinson doesn't
_____ very
happy today.

6. That _____ like
a good idea.

7. It's _____ late.
Let's go home.

解答

1. (B) 2. turns; feels

3. tastes 4. is 5. look

6. sounds 7. getting

Lesson 10 現在完成式

什麼時候要使用現在完成式？

❶ 表示開始於過去，並持續到現在的動作

▶ **I have lived here since 2010.**

→ 我從2010年起就住在這裡。

❷ 描述截至目前為止已經存在一段時間的狀態

▶ **The couple has been married for twenty years.**

→ 這對夫妻已經結婚二十年了。

❸ 剛剛完成的動作

▶ **I have just finished my homework.**

→ 我剛寫完了我的回家作業。

❹ 描述過去完成的動作，結果持續至今

▶ **The bird has already gone.**

→ 鳥早就已經飛走了。

❺ 描述截至目前為止的經驗

▶ **She has never been abroad.**

→ 她從來沒有出國過。

　　現在完成式是個將「過去」與「現在」連結在一起的時態，用來表示從過去某一個時間點開始，並且持續到現在的動作或狀態。

用時間軸來表示現在式、過去式與現在完成式的區別：

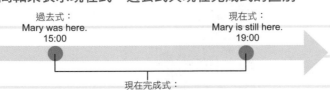

過去式：
Mary was here.
15:00

現在式：
Mary is still here.
19:00

現在完成式：
Mary has been here since three o'clock.

過去式：表示動作發生在過去。

▶ **Mary was here at three o'clock.**

→ 瑪莉三點時在這裡。

現在式：表示狀態存在於現在。

▶ **It is seven o'clock. Mary is still here.**

→ 現在是七點。瑪莉還在這裡。

現在完成式：表示發生於過去，並持續到現在的動作或狀態。

① **Mary has been here since three o'clock.**

→ 瑪莉從三點就一直在這裡。

② **Mary has been here for four hours.**

→ 瑪莉已經在這裡四個小時了。

現在完成式的基本句型結構

❶ be動詞句子的現在完成式

> 主詞 ＋have/has＋been＋補語＋時間副詞

助動詞have/has後面接動詞過去分詞，be動詞的過去分詞為been。

▶ **We have been neighbors for many years.**

→ 我們當鄰居好多年了。

▶ **He has been sick since last week.**

→ 他從上星期就開始生病。

注意

have/has在完成式的句型中不是一般動詞，而是做「助動詞」使用。主詞為第一人稱、第二人稱或複數名詞時，助動詞用have；主詞為第三人稱或單數名詞時，助動詞用has。

❷ 一般動詞句子的現在完成式

主詞 ＋have/has＋過去分詞V-p.p.＋受格＋時間副詞

▶ **Mom <u>has</u> <u>baked</u> a cake for the party.**

→ 媽媽已經為派對烤了一個蛋糕。

▶ **We <u>have</u> <u>had</u> lunch already.**

→ 我們已經吃過午餐了。

現在完成式的疑問句及否定句

have/ has在現在完成式的結構中，視為助動詞。

將助動詞have/has移到句首，即成疑問句；句子中助動詞have/has後接not或以縮寫式haven't或hasn't表示，即成否定句。

現在完成式的疑問句，用來詢問「某個動作<u>截至目前為止是否已經執行或完成</u>」。

現在完成式的肯定句，用來表示「某個動作<u>已經完成</u>」。

現在完成式的否定句，用來表示「某個動作<u>截至目前為止尚未執行或尚未完成</u>」。

▶ **We have had lunch.** → 我們已經吃過午餐了。

▶ **Have we had lunch?** → 我們已經吃過午餐了嗎？

肯定詳答：**Yes, we have already had lunch.**
　　　　　→ 是，我們已經吃過午餐了。

肯定簡答：**Yes, we have.** → 是，我們吃過了。

否定詳答：**No, we have not/haven't had lunch.**
　　　　　→ 不，我們還沒吃過午餐。

否定簡答：**No, we have not/haven't.**
　　　　　→ 不，我們還沒。

▶ **Mike has cleaned his bedroom.**

→麥可已經清理過他的房間了。

▶ **Has Mike cleaned his bedroom?**

→麥可清理過他的房間了嗎？

肯定詳答：**Yes, he has cleaned his bedroom.**
　　　　　 →是，他已經清理過房間了。

肯定簡答：**Yes, he has.** →是，他清理過了。

否定詳答：**No, he has not/hasn't cleaned his
　　　　　 bedroom.** →不，他還沒清理他的房間。

否定簡答：**No, he has not/hasn't.** →不，他還沒。

📝 **常與現在完成式連用的副詞**

❶ 表示「完成動作」

> 疑問句：ever（曾經）→ 放句中，過去分詞之前
> 　　　　yet（已經）→ 放句尾

▶ **Has you <u>ever</u> tried bungee jumping before?**

→你以前曾經嘗試過高空彈跳嗎？

▶ **Has David come home <u>yet</u>?**

→大衛回家了嗎？

> 肯定句：already（已經）→可放句中（助動詞及過去
> 　　　　分詞之間）或句尾
> 　　　　just（剛剛）→ 放句中（助動詞及過去分詞之
> 　　　　間）
> 　　　　ever（至今）→ 用來強調，放句中（助動詞
> 　　　　及過去分詞之間）

▶ **I have <u>already</u> tried bungee jumping before.**

→我以前已經嘗試過高空彈跳了。

✏️ **成果實測**

1. (　) We have never
been to France ＿＿＿＿
before.
　(A) since　(B) for
　(C) when　(D) X

填入正確的副詞

2. I have ＿＿＿＿＿＿＿ heard
of this song before.

3. You're late. The meeting
has ＿＿＿＿＿＿＿＿ started.

4. I'm not hungry now. I
have ＿＿＿＿＿＿ had lunch.

5. Can I borrow this book?
I haven't read it ＿＿＿＿＿.

6. Andy: Have you ＿＿＿＿＿
tried Stinky Tofu?
　Ellen: No, never.

> 解答
> 1. (D) 2. never
> 3. already 4. just
> 5. yet 6. ever

▶ **David has come home <u>already</u>.**

→ 大衛已經回到家了。

▶ **He has <u>just</u> left.** → 他剛剛已經離開了。

▶ **This is the best movie I have <u>ever</u> seen.**

→ 這是我至今看過最棒的電影。

> 否定句：never（從未）→放句中（助動詞及過去分詞
> 之間）
> yet （還沒）→放句尾

▶ **I have <u>never</u> tried bungee jumping before.**

→ 我以前從未嘗試過高空彈跳。

▶ **David hasn't come home <u>yet</u>.**

→ 大衛還沒有回到家。

❷ 表示「截至目前為止的經驗」

> 疑問句： ever（曾經）→放句中，過去分詞之前
> before（過去、以前）→放句尾

▶ **Has your mom <u>ever</u> been to Paris?**

→ 你的母親曾經去過巴黎嗎？

▶ **Have you seen this man <u>before</u>?**

→ 你以前看過這個男子嗎？

> 肯定句：once（一次）、twice（兩次）、several /
> many times（數/許多次）說明經驗發生次
> 數 →放句尾

▶ **She has been to Paris <u>once</u>.**

→ 她曾去過巴黎一次。

▶ **I have seen this man <u>several times</u>.**

→ 我見過這名男子好幾次了。

📝成果實測

1. ( ) Have you _____ been to Japan?
No, I have _____ been to Japan.

　(A) ever; never ever

　(B) ever; ever never

　(C) before; ever never

　(D) before; never ever

158

否定句：never（從未）→ 放句中，助動詞與過去分詞
之間
ever（從來）→ 放句中，通常接在never後
面，用來強調

▶ **She has <u>never</u> been to Paris before.**

→ 她過去從未去過巴黎。

▶ **I have never <u>ever</u> seen this man in my life.**

→ 我這輩子從來沒有看過這個人。

📒 常與現在完成式連用的時間副詞

　　為了表示一個動作或某個狀態從發生或出現的那一刻，一直持續到目前的時間，現在完成式的句子經常與以連接詞for或since引導出的時間副詞連用。

for＋一段時間	
for an hour 一小時了 for hours 好幾個小時了 for two weeks 兩星期了 for many years 很多年了 for decades 好幾十年了	① Jimmy has been absent for many days. Jimmy已經好幾天沒來了。 ② They have known each other for ten years. 他們已經認識對方十年了。
since ＋過去某一時間點	
since three o'clock 從三點起 since yesterday 從昨天開始 since last week 從上週開始 since two months ago 從兩個月前開始 since she was three 自她三歲起 since college 從大學起	① I have been awake since three a.m. 我從凌晨三點就一直醒著。 ② She has become a vegetarian since college. 她自大學起就成了素食者。

📝 成果實測

1. (　) Aunt Natasha has lived in New York since _____.

(A) four years
(B) tomorrow
(C) she was twenty
(D) several days

2. (　) Peter has quit smoking _____ more than ten years.

(A) for　　(B) since
(C) when　(D) as

解答
1. (C) 2. (A)

since＋過去簡單式 since we met 自我們認識起 since she moved 自她搬走後 since he retired 自他退休後 since they got married 自他們結婚起	① We've been best friends since we met. 我們從認識起，就成了最好的朋友。 ② No one has ever seen her since she moved. 自她搬走後，就沒有人再看過她了。

現在完成式的Wh-疑問句與答句

使用wh-疑問詞時，只要在一般現在完成式疑問句之前（即助動詞have/has之前）加入疑問詞即可。

❶ What疑問句

用來詢問事件或發生的事情內容，回答時應確實提供「具體事項」，但不一定要以完成式回答。

▶ **What have you said to her?** → 你對她說了什麼？

回答1：**I haven't said anything.**
　　　　→ 我什麼都沒有說。（以現在完成式回答）

回答2：**I just told her the truth.**
　　　　→ 我只是告訴她事實。（以過去式回答）

❷ How long疑問句

用來詢問「某件事發生至今有多長的時間」，回答時應提供「具體時間」。

▶ **How long has your son learned English?**
　　→ 你兒子學英文多久了？

回答1：**He has learned English for three years.**
　　　　→ 他學英文三年了。（以現在完成式回答）

回答2：**He has learned English since he was little.**
→ 他從小就學英文。（以現在完成式回答）

回答3：**He just started.**
→ 他才剛開始學而已。（以過去式回答）

❸ How many times疑問句

用來詢問「某個動作或某件事至今發生的次數」，回答時應提供與「次數」有關的答案。

▶ **How many times have you been to China?**
→ 你去過中國幾次？

回答1：**I have been to China many times.**
→ 我去過中國許多次。

回答2：**I have only been to China once.**
→ 我只去過中國一次。

回答3：**I have never been to China.**
→ 我從沒去過中國。

📝 成果實測

1. (　) Helen: ＿＿＿ have you known each other?

   Peter: More than thirty years.

   (A) How many times
   (B) What
   (C) Where
   (D) How long

解答
1. (D)

NOTE

📝 have been vs. have gone

	「have been to＋地點」	「have gone to＋地點」
使用意義	表示「曾經去過某地」	表示「已經去達某地」
使用目的	用於表示經驗	用於表示動作的完成
例句	I have been to Tokyo many times.（我去過東京好幾次了。）	Lily has gone to Tokyo.（莉莉已經到東京去了。）
說明	表示說話者曾經去東京，但是目前不一定在東京。	表示句子中的人已經出發去東京，不是正前往東京，就是人已經在東京。至於說話者本身則並不在東京。
主詞限制	無	主詞必定是第三人稱（he/she/they）。

使用have been to或have gone to句型時，地點若為代名詞here/there或home，則省略to。

▶ **I have never been here before.**

→ 我們過去從未來過這裡。

▶ **She has gone home already.**

→ 她已經回家去了。

📝 現在完成式與過去簡單式的比較

時態	過去簡單式	現在完成式
動作發生時間	動作發生在過去，且在當下結束，並未持續到現在。	動作發生在過去，且動作持續或狀態維持至現在。
句子結構	主詞＋動詞過去式	主詞＋have/had＋過去分詞

時間副詞	過去時間	for＋一段時間 since＋過去時間
例句 比較1	John was sick last week. 約翰上星期生病。 →狀態已結束，約翰現在已經沒生病了。	John has been sick since last week. 約翰從上週就開始生病了。 →狀態持續，約翰到現在還在生病。
例句 比較2	I didn't eat anything yesterday. 我昨天沒吃任何東西。 →動作已結束，昨天過後已經吃了東西。	I haven't eaten anything for two days. 我已經兩天沒有吃任何東西了。 →動作持續，到現在都還沒吃東西。

 have been / has been的其他用法

It has been＋一段時間＋since＋過去式時間副詞子句

這是用來表示「自從……時起，已有……之久」的常用句型。

▶ **It's been <u>three years</u> since <u>we first met</u>.**
　　　　　一段時間　　　　　　表過去時間的副詞子句
→ 自從我們初識至今，已經三年了。

▶ **It's been <u>a long time</u> since <u>I last saw him</u>.**
　　　　　一段時間　　　　　　表過去時間的副詞子句
→ 距離我上次見到他，已經過了好久。

How have you been?→ 你最近好嗎？

與人見面的問候招呼語，除了How are you?（你好嗎？）之外，也可以用現在完成式How have you been? 來代替，像在問候對方「從過去到現在這段時間」的狀態好不好，有「你最近好嗎？」或是「你近來過得如何？」的含義。

成果實測

1. (　) It has been a year ＿＿＿ we first ＿＿＿ each other.（自從我們知道彼此至今，已經一年了）
   (A) for; knew
   (B) for; known
   (C) since; knew
   (D) since; known

2. (　) A: How have you been?
   B: ＿＿＿＿＿＿
   (A) I have been here.
   (B) I'm fine, thank you, and you?
   (C) I have never been there.
   (D) I have been once.

解答
1. (C) 2. (B)

Lesson 11 現在完成進行式

什麼是現在完成進行式？

現在進行式是表示「目前此刻正在進行中」的動作，而現在完成進行式則是用來表示「從過去某個時間開始，一直進行到現在，而且目前依然持續進行中的動作」。

用時間軸來比較各種進行式：

過去進行式：
Sally was sleeping.
（Sally正在睡覺。）
Sally開始睡覺

現在進行式：
Sally is sleeping.
（Sally正在睡覺。）
Sally還在睡覺

現在完成進行式：
Sally has been sleeping for two hours.
（Sally已經睡了兩個小時了。）

現在完成進行式的基本句型

> 主詞＋ have/has ＋been＋現在分詞V-ing

無論是什麼時態的進行式，必要元素都是「be動詞」與「現在分詞」。be動詞依主詞及時態做變化。

❶ 現在進行式＝現在式be動詞＋現在分詞

表示動作此刻正在進行中。

▶ **The students are waiting for the school bus.**

→ 學生們現在正在等校車。

❷ 過去進行式＝過去式be動詞＋現在分詞

表示動作在過去某一時間正在進行中。

▶ **The students were waiting for the school bus.**

→ 學生們那時正在等校車。

成果實測

1. (　) The woman _____ about the food since she started eating.

(A) is complaining

(B) was complaining

(C) has been complaining

(D) will be complaining

2. (　) Lily _____ locking herself in the room since she got home.

(A) has　(B) has been

(C) was　(D) is

3. (　) They have _____ for a new apartment for three years now.

(A) saved

(B) be saved

(C) been saving

(D) saved

❸ 現在完成進行式＝完成式助動詞＋過去分詞be動詞＋現在分詞

　　表示動作從過去某時間已經持續進行到現在。

▶ **The students have been waiting for the school bus.**

→ 學生們一直在等校車。

▶ **We have been planning for the vacation since April.**

→ 我們從四月份就已經開始計劃這個假期了。

▶ **Grandpa has been looking forward to the trip for months.**

→ 爺爺已經期待這個旅行好幾個月了。

📝 現在完成進行式的用法及使用時機

❶ 用來描述起始在過去某一個時間，且持續進行到現在的動作。

▶ **The woman has been sitting there for more than two hours.**

→ 那女子已經在那裡坐了超過兩小時了。（表示現在還坐在那裡）

▶ **They have been arguing over this issue for hours.**

→ 他們已經爭論這個問題好幾個小時了。（表示現在還依然在爭論）

❷ 用來強調某個動作已經「持續進行一段時間」並且「仍然在繼續進行中」。

▶ **Steve and I have been dating since college.**

→ 我跟Steve從大學時期就一直交往到現在。（表示現在仍然交往中）

填空式翻譯

4. 他們從一起床就開始吵架到現在。

They _____ _____ _____with each other since they got up.

5. 小男孩已經哭了半小時了。

The little boy _____ _____ _____for half an hour now.

解答

1. (C) 2. (B) 3. (C)

4. have been arguing

5. has been crying

165

▶ **She has been reading the book since last week.**

→ 她從上星期就一直在讀那本書。（表示目前仍還在讀）

📓 現在完成進行式疑問句

現在完成進行式的句子要造疑問句時，be動詞不動，要動的是助動詞have或has。將助動詞移到句首，或是將助動詞移到句首之後，在前面加上其他疑問詞。

❶ **yes/no疑問句**

▶ **Has she been waiting at the movie theater?**

→ 她一直在電影院門口等嗎？

▶ **Have you been seeing anyone lately?**

→ 你最近有在跟誰交往嗎？

❷ **疑問詞疑問句**

▶ **Where has she been waiting?**

→ 她是在哪裡等啊？

回答：**She has been waiting at the station.**

　　　→ 她一直在車站等。

▶ **Who has she been waiting for?**

→ 她一直在等的人是誰啊？

回答：**She has been waiting for her brother.**

　　　→ 她一直在等她哥哥。

▶ **How long has she been waiting?**

→ 她已經等了多久了？

回答：**She has been waiting for two hours.**

　　　→ 她已經等了兩小時了。

▶ **<u>What have</u> you been doing lately?**

→ 你最近都在做什麼？

回答：**I have been looking for a job.**

　　→ 我最近在找工作。

常與現在完成進行式連用的時間副詞

　　為了表示動作是從過去某時間持續進行到現在，現在完成進行式的句子常以連接詞for或since引導出時間副詞。

lately 最近	I have been thinking about quitting lately. 我最近一直在考慮要辭職。
for＋一段時間＋(now)：表示到現在已經有「多長時間」了	
for two days (now) 到現在有兩天了 for three weeks (now) 有三週了 for six months (now) 有六個月了	Jerry and Linda have been dating for six months now. Jerry和Linda交往到現在有六個月了。 It has been raining for two days now. 雨到現在已經持續下了兩天了。
since ＋ 過去某一時間點：表示「從某時到現在」	
since this morning 從今天早上開始 since yesterday 從昨天開始 since college 從大學起 since she was thirty 從她三十歲起	She has been lying about her age since she was thirty. 她從三十歲開始就一直謊報年齡。 I have been living by myself since college. 我從大學起就一直是自己一個人住。

成果實測

填空式翻譯

1. Jack從三個月前就一直在計劃向Mary求婚。

Jack _____ _____
_____ to propose to Mary
_____ three months ago.

2. 媽媽講電話到現在已經超過一小時了。

Mom _____ _____
_____ on the phone
_____ over one hour
now.

3. 他最近一直覺得不太舒服。

He _____ _____
_____ well _____ .

解答

1. has been planning; since

2. has been talking; for

3. hasn't been feeling; lately

Lesson12 過去完成式

什麼時候要使用過去完成式？

❶ 描述在過去某時間之前已經發生並結束或完成的動作

▶ **He had already left when I came home.**

→ 當我回到家時，他已經離開了。

❷ 描述在過去時間出現，且在過去時間已經結束的事件或狀態

▶ **The concert had already started when we arrived.**

→ 當我們抵達時，音樂會早就已經開始了。

❸ 用時間軸來解釋過去完成式與現在完成式的不同：

```
更早的過去            現在
  15:00             17:00
音樂會開始          音樂會進行中
  ●        ●        ●   ➤
          過去
         16:00
        抵達音樂廳
```

過去式：The concert started.（音樂會開始了。）
　　　　We arrived.（我們抵達了。）

過去完成式：The concert had started when we arrived.
　　　　　（我們到達時，音樂會已經開始了。）

現在完成式：The concert has started for two hours.
　　　　　（音樂會已經開始兩個小時了。）

過去完成式的基本句型結構

主詞＋had＋過去分詞V-p.p.＋（過去時間副詞或子句）

助動詞have/has在過去完成式的句型中需改為過去式 had。had後面接過去分詞。

過去的一個時間點。

音樂會「開始」的動作，在過去某時間之前已經完成。

音樂會「開始」的狀態，到現在仍然持續著。

❶ be動詞的過去完成式句型

▶ Jack **had already** **been** sick for two weeks before

助動詞have的過去式　　be動詞的過去分詞

he went to the doctor.

→ Jack在去看醫生之前已經病了兩星期。

過去時間：在他去看醫生之前

事實狀態：Jack已病了兩星期

▶ The kids **had** **been** ready for bed by eight o'clock

助動詞have的過去式　　be動詞的過去分詞

last night.

→ 昨晚八點時，孩子們已經準備好要上床睡覺了。

過去時間：在昨晚八點時

事實狀態：孩子們已經準備上床睡覺

❷ 一般動詞的過去完成式句型

▶ Aunt Lucy **had already left** when we arrived.

助動詞have的過去式　　　　　動詞leave的過去分詞

→ 我們到達的時候，Lucy阿姨早就已經離開了。

過去時間：我們到達的時候

事實狀態：Lucy阿姨已經離開

▶ Simon **had** **bought** the car before he told us.

助動詞have的過去式　　動詞buy的過去分詞

→ Simon在告訴我們之前，就已經買了那輛車。

過去時間：在他告訴我們之前

事實狀態：Simon已經買了車

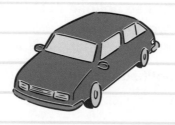

✏️ **成果實測**

1. (　) Judy ＿＿＿＿＿ when
I called her.

(A) fells asleep

(B) is falling asleep

(C) had fallen asleep

(D) has slept

2. (　) Jennifer and James
＿＿＿＿＿ each other
for only two months
when they got
married.

(A) are knowing

(B) have known

(C) are going to know

(D) had known

📝 過去完成式的疑問句與答句

　　將助動詞had移到句首，即為疑問句。否定回答時，在助動詞had後面加上not，或以had not的縮寫式hadn't來表示。

▶ **They <u>had</u> already had dinner before they came.** → 他們來之前已經吃過晚餐了。

▶ **<u>Had</u> they already had dinner before they came?**
→ 他們來之前，已經吃過晚餐了嗎？

肯定詳答：**Yes, they had already had dinner before they came.**
→ 是的，他們來之前已經吃過晚餐了。

肯定簡答：**Yes, they had.** → 是，他們吃過了。

否定詳答：**No, they had not/hadn't had dinner before they came.**
→ 不，他們來之前還沒吃過晚餐。

否定簡答：**No, they had not/hadn't.**
→ 不，他們還沒。

▶ **The party <u>had</u> already started when we got there.**
→ 我們到的時候，派對早就已經開始了。

▶ **<u>Had</u> the party already started when you got there?** → 你們到之前，派對已經開始了嗎？

肯定詳答：**Yes, the party had already started when we got there.**
→ 是的，我們到的時候，派對已經開始了。

肯定簡答：**Yes, it had.** → 是，開始了。

否定詳答：**No, the party had not/hadn't started (yet) when we got there.**
→ 不，我們到的時候，派對還沒開始。

否定簡答：**No, it had not/hadn't.** →不，還沒開始。

　　　　　No, not yet. →不，還沒。

過去完成式的否定句

過去完成式的否定句用來表示「某件事在過去某時間並未發生」。

▶ **The old man had not eaten anything for days before I visited him.**

→ 老人在我去探望他之前，已經好幾天沒有吃任何東西。

▶ **She hadn't finished her job by the deadline.**

→ 她沒有在截止時間之前完成她的工作。

常與過去完成式連用的時間副詞

1. 表「過去時間」的時間副詞

last week 上星期 last year 去年 yesterday 昨天	They had been married for ten years last week. 上星期，他們已經結婚十年了。 （有「他們上星期結婚剛滿十年」的含意） She hadn't eaten anything for the whole day yesterday. 她昨天一整天沒有吃任何東西。 （有「昨天之後」即有進食的含意）

2. 以 when 引導副詞子句，提供具體的「過去時間」

when I came home 當我回到家時 when we arrived 當我們抵達時 when he returned 當他回來時 when they found her 當他們發現她時	Everyone had gone to sleep when I came home. 當我回到家時，每個人都已經去睡覺了。 Everything had been different when he returned. 當他回來時，一切都已經不一樣了。

成果實測

1. (　) We _____ dinner when he came home.
   (A) had hadn't
   (B) haven't had
   (C) will not have
   (D) hadn't had

解答
1. (D)

成果實測

1. (　) The airplane _____ when he got to the airport.
   (A) had already taken off
   (B) is taking off
   (C) will take off
   (D) doesn't take off

2. (　) I had _____ found a job before I graduated from college.
   (A) already　(B) yet
   (C) ever　　(D) soon

解答
1. (A) 2. (A)

3. 以表示「在……之前」的介系詞by或before連接時間或可表時間的名詞，提供具體的過去時間點

by dinner 在晚餐前 by the wedding 在婚禮前 before the exam 在考試前 before Mom noticed 在媽媽發現前	Emily had lost 10 kg by the wedding. Emily在婚禮前減去了十公斤。 I had fixed the bike before Mom noticed. 我在媽媽發現之前，就已經把腳踏車修好了。

過去完成式與過去簡單式的比較

❶ 用法

過去簡單式：

　①說明在過去時間發生的動作或事件

　②描述存在於過去時間的狀態

過去完成式：

　①說明某個動作或事件在過去時間發生，並已完成或結束

　②描述過去某時間之前已持續存在的狀態

❷ 例句比較

▶ 過去簡單式：**He left for work before I got up.**
　　　→ 他在我起床之前出門上班。

　　　表示「他出門上班」的時間在「我起床」之前

▶ 過去完成式：**He had already left for work when I got up.**
　　　→ 當我起床時，他已經出門上班了。

　　　有「我起床時，他早就已經不見人影」的意味

📝 成果實測

1. （　） The thief _____ before the police arrived.（小偷在警察到達前逃走）
   (A) had escaped
   (B) has escaped
   (C) escaping
   (D) escaped

2. （　） The thief _____ when the police arrived.（當警察到達時，小偷已經逃走了）
   (A) escaped
   (B) had escaped
   (C) has escaped
   (D) had been escaped

3. （　） The thief _____ for more than 3 years.
   (A) escaped
   (B) had escaped
   (C) has escaped
   (D) has been on the run

解答
1. (D) 2. (B) 3. (D)

▶ 過去簡單式：**John was a successful businessman before he got married.**

→ 約翰在結婚前是個成功的生意人。

有「約翰在結婚後就不成功了」的含意

▶ 過去完成式：**John had already been a successful businessman before he got married.**

→ 約翰在結婚前就已經是個成功的生意人。

有「約翰在婚前已取得成功」的含意

NOTE

Lesson 13 被動語態

什麼是被動語態？

　　主動語態的主詞是句子中動作的「執行者」，而被動語態的主詞，則是句子中動作的「承受者」。當我們認為執行動作的人是誰並不重要，反而是「接受動作」的人或物值得被強調時，我們就會用「被動語態」來凸顯「被執行動作」的人或物。被動語態的主詞，就是主動語態的受詞；主動語態的主詞在被動語態中，會放在介系詞by後面，並移到動詞之後，有時甚至會因為不重要，乾脆省略掉。

主動語態 vs. 被動語態

主動：

▶ **Peter cleaned the bedroom.**

執行動作者　　　　　接受動作者

→ Peter清理了房間。

被動：

▶ **The bedroom was cleaned by Peter.**

　　接受動作者　　　　　執行動作者

→ 房間被Peter清理過了。

▶ **The bedroom was cleaned.**

句子的重點改放在「房間被清理」，執行動作者是誰並不重要，因此直接省略不提。

→ 房間被清理過了。

什麼時候要使用被動語態？

❶ 想要凸顯動作的接受者時

▶ **Jack has been fired.**

→ Jack被開除了。（強調被開除的人是Jack）

成果實測

1. (　) Jane ＿＿＿ the pie.
= The pie ＿＿＿ by Jane.

(A) eaten; was eaten

(B) ate; was eaten

(C) eaten; was ate

(D) ate; was ate

2. (　) Please keep informing us the progress of the subject. = Please ＿＿＿ the progress of the subject.

(A) keep us informing

(B) keep us informed

(C) keep informed us

(D) kept us informing

解答

1. (B) 2. (B)

❷ 動作執行者不重要時

▶ **The meeting is cancelled.**

→ 會議被取消了。（重點是會議被取消，至於被誰取消，並不是那麼重要）

❸ 動作執行者眾所皆知時

▶ **Mandarin is spoken in most places in China.**

→ 中國大部分地方都說中文。（說中文的一定是「人」，故不需特別強調）

❹ 不知道動作執行者是誰時

▶ **My wallet was stolen.**

→ 我的錢包被偷了。（只知道錢包被偷，卻不知道是被誰偷了）

❺ 希望讓語氣較為客氣時，被動語態的口氣會比主動語態委婉

主動語態：**We rejected your request.**
　　　　　→ 我們拒絕了您的請求。

被動語態：**Your request has been rejected.**
　　　　　→ 您的請求被拒絕了。

📝 被動語態的基本句型

> 主詞＋be 動詞＋過去分詞（V-p.p.）＋（by執行動作者）

被動語態的基本元素就是：be動詞＋過去分詞。無論是什麼時態的被動式，這兩個元素都缺一不可。be動詞則隨主詞及時態做變化。

📝 成果實測

1. (　) The children are ＿＿＿＿ TV in the living room right now.

(A) watching
(B) watched
(C) watch
(D) watches

2. (　) The dirty clothes have already ＿＿＿＿ by Mom.

(A) washed
(B) being washed
(C) been washed
(D) washing

解答

1. (A) 2. (C)

❶ 現在式的被動語態

▶ **The door is locked.**

　　　　單數be動詞現在式

→ 門被鎖上了。

❷ 過去式的被動語態

▶ **My new bike was stolen.**

　　　　單數be動詞過去式

→ 我的新單車被偷了。

❸ 未來式的被動語態

▶ **The work will be finished soon.**

　　　be動詞未來式

→ 工作馬上就會完成。

❹ 現在進行式的被動語態

▶ **The mall is being built next to the gym.**

　　　be動詞現在進行式

→ 購物中心目前正在體育館旁興建中。

❺ 現在完成式的被動語態

▶ **The homework has already been done.**

　　　be動詞完成式

→ 回家作業已經完成了。

❻ 情態助動詞的被動語態

▶ **The desk should be moved to another room.**

　　情態助動詞＋be動詞原形

→ 書桌應該要被移到另一個房間。

📝 如何將主動句改為被動句

> 步驟 1 將主動句中的受詞改為主詞
> 步驟 2 動詞改為被動語態（be 動詞＋過去分詞）
> 步驟 3 將主動句中的主詞，放在介系詞 by 之後，並接
>   在被動語態後

例 ▶

主動句：**Mom watered the garden**.
　　　　　主詞　　過去式動詞　　　受詞
　　　→ 媽媽為花園澆了水。

被動句：**The garden was watered by Mom.**
　　　　　　　　主詞　　　　被動語態動詞
　　　→ 花園被媽媽澆水了。

主動句：**Grandma is baking a carrot cake**.
　　　　　　主詞　　　現在進行式動詞　　　受詞
　　　→ 奶奶正在烤胡蘿蔔蛋糕。

被動句：**A carrot cake is being baked by Grandma.**
　　　　　　　　主詞　　　　　被動語態動詞
　　　→ 胡蘿蔔蛋糕正被奶奶烤著。

✏️ 成果實測

依提示改寫句子

1. Linda has done all the housework.（改為被動句）

_____

_____

2. The boys will make breakfast tomorrow.（改為被動句）

_____

_____

3. Dad broke the vase accidentally.（改為被動句）

_____

_____

解答

1. All the housework has been done by Linda.

2. Breakfast will be made by the boys tomorrow.

3. The vase was broken by Dad accidentally.

📝 被動語態的疑問句與答句

被動語態的句型中含有be動詞，因此只要把be動詞移到句首，就是疑問句了！有助動詞的被動語態，則是將be動詞留在原處，並把助動詞移到句首作為疑問句。

▶ **The boys <u>were</u> punished by their father.**

→ 男孩們被他們的父親處罰了。

▶ **<u>Were</u> the boys punished by their father?**

→ 男孩們被他們的父親處罰了嗎？

肯定詳答：**Yes, they were punished by their father.**
→ 對，他們被他們的父親處罰了。

肯定簡答：**Yes, they were.** → 對，他們被罰了。

否定詳答：**No, they weren't punished by their father.**
→ 不，他們沒有被他們的父親處罰。

否定簡答：**No, they weren't.** → 不，他們沒有。

▶ **The floor <u>has</u> been vacuumed.**

→ 地板已經用吸塵器吸過了。

▶ **<u>Has</u> the floor been vacuumed?**

→ 地板已經用吸塵器吸過了嗎？

肯定詳答：**Yes, it has been vacuumed.**
→ 對，地板用吸塵器吸過了。

肯定簡答：**Yes, it has.** → 對，吸過了。

否定詳答：**No, it hasn't been vacuumed yet.**
→ 不，地板還沒用吸塵器吸過。

否定簡答：**No, it hasn't.** → 不，還沒。

Unit 4
其他句型

Lesson 1 對等連接詞

📝 什麼是連接詞？

連接詞是用來連接句子中的字、片語或子句，使句子能夠傳達更完整的意思。連接詞依其功能及用法分為「對等連接詞」、「相關連接詞」及「從屬連接詞」三種。

📝 對等連接詞與其用法

連接句子中對等的字、片語或子句的連接詞，稱為「對等連接詞」。對等連接詞前後的字、片語或子句無論是詞性、時態或架構都必須對等。如「字對字」、「片語對片語」、「句對句」、「動名詞對動名詞」、「不定詞對不定詞」、「形容詞對形容詞」等。

對等連接詞有七個，用來連接兩個前後詞性相同的字詞或片語。連接獨立的句子時，則需要以逗號與前面的句子隔開。

❶ and（和；又；而且）

連接同性質或語義的字、片語或子句。

▶ **Peter is handsome and rich.**

連接兩個性質相似的形容詞

→ Peter英俊又多金。

▶ **Jennifer and Sarah are twins.**

連接兩個名詞

→ Jennifer和Sarah是雙胞胎。

▶ **My hobbies are collecting stamps and reading comic books.**

連接兩個動名詞片語

→ 我的嗜好是集郵和看漫畫書。

180

❷ **but**（但是；卻）

連接語義相反或矛盾的字、片語或子句。

▶ **The queen is <u>beautiful</u> but <u>evil</u>.**

連接兩個字義矛盾的形容詞

→ 皇后美麗卻惡毒。

▶ **This is a <u>very creative</u> but <u>not so practical</u> idea.**

連接語義矛盾的形容詞片語

→ 這是個非常有創意卻不太實際的點子。

▶ **We <u>practiced hard</u> but <u>still lost the game</u>.**

連接語義矛盾的動詞片語

→ 我們練習得很努力但依然輸掉了比賽。

❸ **yet**（而；然而）

與but用法一樣，都是連接語義相反或矛盾的字、片語或子句。

▶ **The journey was <u>tiring</u> yet <u>wonderful</u>.**

連接語義矛盾的形容詞

→ 旅程累人卻美好。

▶ **The <u>math question was difficult</u>, yet <u>he solved it</u>.**

連接有轉折語義的子句

→ 這數學題很難，但他解出來了。

❹ **so**（因此；所以）

連接表示「結果」的子句，用來表示因果關係。

▶ **He was <u>sick yesterday</u>, so <u>he didn't go to school</u>.**

原因　　　　　　　　　　結果

→ 他昨天生病了，所以沒有去上學。

✏ 成果實測

1. (　) The apple is juicy
_____ expensive.

(A) but　　(B) and

(C) also　(D) rather

解答
1. (A)

▶ **There is a typhoon coming, so we cancel the picnic.**

　　　　　原因　　　　　　　　　　結果

→ 有個颱風要來了，所以我們取消野餐。

❺ for（因為；為了）

連接表示「原因」的子句，用來提供「理由」。

▶ **She didn't go to the party, for she wasn't invited.**

　　　　　結果　　　　　　　　　　原因

→ 她沒有去派對，因為她沒有受到邀請。

▶ **We always eat out, for neither of us can cook.**

　　　　結果　　　　　　　　　　原因

→ 我們經常外食，因為我們兩人都不會做飯。

❻ or（或者；還是）

連接兩個詞性、性質相同的字、片語或句子，提供兩種不同的選擇。or也可以表示「否則」，用來連接「帶有警告意味」的句子。

▶ **Do you want to go by car or MRT?**

　　　　　　　　連接兩個名詞

→ 你想開車還是搭捷運去？

▶ **We can visit a near country, or we can just have a short trip to the countryside.**

　　　　　　　連接兩個性質相同的句子

→ 我們可以去一個鄰近國家玩，也可以到鄉下短短旅行幾天就好。

▶ **Don't stay up too late, or you'll oversleep yourself tomorrow.** 警告

→ 別熬夜到太晚，否則你明天會睡過頭。

❼ nor（也不）

使用有否定意涵的句子中，配合前面有否定意涵的字、片語或句子（含no, not, never等字），連接具相同詞性的字或片語，以表示「既不……也不……；既沒……也無……」。

▶ **My new neighbor is not <u>polite</u> nor <u>friendly</u>.**
連接兩個形容詞

→ 我的新鄰居很沒禮貌，也不友善。

▶ **The man has no <u>family</u> nor <u>any friends</u>.**
連接兩個名詞

→ 那男子既沒家人也沒有任何朋友。

1. (　) We will spend our vacation in Japan ＿＿＿＿＿ Singapore.

　(A) or　　(B) but

　(C) yet　　(D) for

2. (　) I don't like green pepper ＿＿＿＿＿ carrots.

　(A) nor　　(B) yet

　(C) for　　(D) so

填入適當的對等連接詞

3. You can sit next to Peter ＿＿＿＿＿ Steven.

4. This is not Frank's dog, ＿＿＿＿＿ mine.

解答

1. (A) 2. (A) 3.or 4.nor

Lesson2 相關連接詞

常用的相關連接詞與其用法

相關連接詞為一組配對好的連接詞，用來連接兩個相關的字、片語或子句。連接詞前後的字、片語或子句無論是詞性、時態或架構通常是一致的，如「動名詞對動名詞」、「不定詞對不定詞」、「形容詞對形容詞」等。

❶ both...and...（既……且……；……和……都）

連接兩個同詞性的字或片語，用來表示「兩者都……」。

▶ **Both Mom and Dad are happy.**
  連接兩個名詞

→ 媽媽和爸爸都很開心。

▶ **The ending of the movie makes me both happy and sad.**
  連接兩個形容詞

→ 電影的結局讓我感到既高興又難過。

▶ **We will try both bungee jumping and rock climbing.**
  連接兩個動名詞片語

→ 我們會試試高空彈跳和攀岩這兩種活動。

❷ not only...but also...（不僅……而且……）

連接兩個相同詞性的字或片語，用來表示「不但……而且」。當連接兩個主詞時，動詞或助動詞隨but also後的主詞變化。

▶ **Mr. Emerson is not only rich but also generous.**
  連接兩個形容詞

→ Emerson先生不僅富有，而且很慷慨。

▶ **James is not only <u>a good husband</u> but also <u>a great father</u>.** 連接兩個名詞片語

→ James不但是個好丈夫，還是個好父親。

▶ **She not only <u>fell from the tree</u> but also <u>broke her leg</u>.** 連接兩個動詞片語

→ 她不但從樹上摔下來，而且還摔斷了腿。

▶ **Not only <u>Ryan</u> but also <u>Tracy</u> is coming to my party.** 連接兩個名詞當主詞

→ 不僅Ryan，Tracy也會來我的派對。

❸ either...or...（不是……就是……；……或……）

連接兩個相同詞性的字或片語，用來表示「兩者其中之一」。當連接兩個主詞時，動詞或助動詞隨or後的主詞做變化。

▶ **We will have either <u>pizza</u> or <u>instant noodles</u> for dinner.** 連接兩個名詞做選擇

→ 我們晚餐不是吃披薩，就是吃泡麵。

▶ **You must either <u>wash the dishes</u> or <u>do the laundry</u>.** 連接兩個動詞片語做選擇

→ 你不是得洗碗就是得洗衣服。

▶ **Either <u>his uncle</u> or <u>his aunt</u> has been to Iceland.**
連接兩個名詞當主詞

→ 他舅舅或他舅媽其中之一曾經去過冰島。

📝 成果實測

1. (　) _____ Kevin or Tom is the little girl's father.

(A) Neither

(B) Not only

(C) Either

(D) Both

2. (　) I am good at neither _____ nor cycling.

(A) swim

(B) swimming

(C) to swim

(D) swam

填空

3. _____ Mom or Dad will drive me to school today.

4. Mary likes _____ Tom _____ Jack. She hates them both.

解答
1. (C) 2. (B) 3. Either
4. neither nor

185

❹ neither...nor...（既不……也不……；……和……都不）

連接兩個相同詞性的字或片語，用來表示「兩者皆非」。當連接兩個主詞時，動詞或助動詞隨nor後的主詞做變化。

▶ **I am interested in neither <u>history</u> nor <u>geography</u>.**

　　　　　　　　　　　　連接兩個名詞

→ 我對歷史和地理都沒有興趣。

▶ **The girl was neither <u>pretty</u> nor <u>kindhearted</u>.**

　　　　　　　　　　　連接兩個形容詞

→ 那女孩既不漂亮也不善良。

▶ **Neither <u>fame</u> nor <u>wealth</u> is what he wants.**

　連接兩個名詞當主詞

→ 名與利都不是他想要的。

❺ whether...or...（無論……或……）

whether表「是否」，引導名詞子句或副詞，通常與or連用，表示「不管是或不是……」。whether＋子句或副詞，與or not連用時，是在連接兩個相反的狀況。

▶ **We will go to school, whether <u>it rains</u> or <u>not</u>.**

　　　　　　　　　　引導名詞子句，連接正反兩面狀況

→ 無論下雨與否，我們都會去學校。

▶ **They won the game, whether <u>by skills</u> or <u>by luck</u>.**

　　　　　　　　　　連接兩個有反差含義的副詞

→ 無論是靠技巧還是靠運氣，總之他們贏得了比賽。

Lesson 3 從屬連接詞

📝 什麼是從屬連接詞？

　　當一個獨立的句子所表達的意思不夠完整，需要更多説明時，就可以用連接詞引導出一個副詞子句來修飾主句，為主句做補充説明，「時間」、「原因」或「條件」等。這樣的連接詞就稱作「從屬連接詞」。

📝 什麼時候要用從屬連接詞？

❶ 必須提供一個跟「時間」有關的概念時

▶ **We cleaned up the house <u>before</u> Mom came back.** → 我們在媽媽回來之前把屋子清理乾淨了。

❷ 需要說明「原因」時

▶ **She didn't go to school <u>because</u> she was ill.**

→ 她沒去上學是因為她病了。

❸ 用來表示「目的」時

▶ **They practiced hard <u>in order to</u> win the game.**

→ 他們練習得很努力是為了要贏得比賽。

❹ 說明事件發生的「條件」時

▶ **I will not go to the zoo <u>if</u> it rains.**

→ 如果下雨，我就不會去動物園。

❺ 表示「對比」時

▶ <u>**Although**</u> **we are neighbors, we never talk to each other.**

→ 雖然我們是鄰居，卻從來沒跟彼此説過話。

✏️ 成果實測

1. (　) She cried sadly ___ her dog passed away last night.

   (A) so

   (B) in order to

   (C) because

   (D) although

2. (　) _____ they are brothers, they don't have much in common.

   (A) So

   (B) In order to

   (C) Because

   (D) Although

解答

1. (C) 2. (D)

📝 使用從屬連接詞的基本句型

> 主句＋從屬連接詞＋從屬子句
> ＝ 從屬連接詞＋從屬子句，主句

從屬連接詞的位置，可以放在句中，無縫接軌地連接前後兩個句子，也可以放在句首，引導出從屬子句後，以逗號與主句隔開。

▶ I was terrified <u>when</u> the earthquake occurred.

＝ <u>When</u> the earthquake occurred, I was terrified.

→ 地震發生時我嚇壞了。

📝 常用的從屬連接詞及用法

❶ 用來表示「時間」的從屬連接詞

before （在……前）	after （在……後）
when （當……時）	while （在……期間）
as （當……）	as soon as （一……就……）
whenever （每當……）	until / till （直到）

1. before / after：用來表示動作或事件發生的「先後順序」

> before

表示「在……之前」，用來引導「後發生」的動作或事件。

▶ I have breakfast before I go to school.

＝ Before I go to school, I have breakfast.

→ 我上學之前吃早餐。

> after

表示「在……之後」，用來引導「先發生」的動作或事件。

✏️ 成果實測

1. (　) I was taking a shower _____ the phone rang.＝ _____ the phone rang, I was taking a shower.

 (A) when; While

 (B) when; When

 (C) while; While

 (D) while; when

2. (　) After _____ dinner, I went back home.

 (A) ate　　(B) eaten

 (C) eating　(D) eated

解答
1. (B) 2. (C)

188

▶ **I go to school after I have breakfast.**

= After I have breakfast, I go to school.

→ 我吃早餐之後才去上學。

2. when / while / as：用來表示動作或事件發生的時間

| when |

表示「當……的時候」，引導表示「瞬間動作」的時間副詞子句。

▶ **Mom was surprised when she saw the flowers.**

= When Mom saw the flowers, she was surprised.

→ 媽媽看到花的時候很驚喜。

| when |

也可以表示「在…… 期間」，引導「持續動作」的副詞子句。

▶ **We talked about the plan when we had lunch.**

= When we had lunch, we talked about the plan.

→ 我們吃午餐的時候，討論了那個計劃。

| while |

表示「在……期間」，通常用來引導「持續動作」的副詞子句。

▶ **I bought the dress while it was on sale.**

= While the dress was on sale, I bought it.

→ 我在特價期間買了這件洋裝。

▶ **He came to visit while we were having dinner.**

= While we were having dinner, he came to visit.

→ 當我們正在吃晚餐的時候，他過來拜訪。

🖊 成果實測

1. (　　) I took care of the baby _____ mom was taking a nap.

(A) who (B) while

(C) before (D) after

2. (　　) Mom was angry _____ she saw my brother got an zero on the exam.

(A) when (B) while

(C) before (D) after

解答

1. (B) 2. (A)

> **as**

表示「當……時」或「在……期間」，可以取代when及while。

▶ **As she was in London, she visited several museums.**

= **While/When she was in London, she visited several museums.**

→ 當她在倫敦時，參觀了好幾間博物館。

▶ **We saw a puppy as we were leaving the park.**

= **We saw a puppy when we were leaving the park.**

→ 當我們正要離開公園時，我們看到了一隻小狗狗。

3. as soon as / once：用來表示某一個短暫瞬間立刻發生的動作

> **as soon as...**

表示「當……立刻；一……馬上就……」，是用來引導「瞬間動作」副詞子句的連接詞。

▶ **The little girl smiled as soon as she saw her mom.**

= **As soon as the little girl saw her mom, she smiled.**

→ 小女孩一看到媽媽就笑了。

▶ **The boy stopped crying as soon as he heard the song.**

= **As soon as the boy heard the song, he stopped crying.**

→ 男孩一聽到這首歌就停止哭泣。

once

表示「一旦……」或「當……時」，與as soon as用法相同，都是用來引導「瞬間動作」副詞子句的連接詞。

▶ **I fell in love with the girl once I saw her.**

= **I fell in love with the girl as soon as I saw her.**

→ 我一見到那女孩就愛上她了。

▶ **Once she comes back, call me.**

= **As soon as she comes back, call me.**

→ 一旦她回來了，你就打電話給我。

4. until / till：用來表示「動作停止」的時間

until

意指「直到」，有兩種句型用法：

> ① not...until...：直到（某時間）之前都不能……
> ② ...until...：一直……直到（某時間）為止

主句中有not時，會用until 引導一個表示「直到（某時間）之前都不能……」，也就是「直到……才能……」的副詞子句。當not until要放在句首時，須用倒裝句。

> 主詞＋助動詞＋not＋動詞＋until＋子句
> = Not until＋子句＋助動詞＋主詞＋動詞

▶ **You can't leave until Mom comes back.**

= **Not until Mom comes back can you leave.**

→ 直到媽媽回來之前，你都不能離開。

▶ **I won't stop trying until I succeed.**

= **Not until I succeed will I stop trying.**

→ 直到我成功之前，我都不會停止嘗試。

📝 **成果實測**

1. (　) You cannot leave
　　_____ you tell us
　　everything.
　(A) unless　(B) when
　(C) while　(D) as

2. (　) Not until my
　　father comes back
　　_____ go out.
　(A) can't I (B) I will
　(C) I can　(D) can I

解答
1. (A) 2. (D)

主句中沒有not時，可用until引導表示「持續某個動作直到（某個時間）才停止」。

▶ **She will keep sleeping until you wake her up.**

→ 她會一直睡到你叫醒她為止。

▶ **They teased the girl until the teacher stopped them.**

→ 他們一直欺負那女孩，直到老師阻止他們為止。

5. whenever：用來表示「某情況出現時都會發生的動作」

> whenever

指「無論什麼時候；每當」，用來表示「只要某個狀況發生時，就可以……」的副詞子句。

▶ **You can call me whenever you feel lonely.**

= Whenever you feel lonely, you can call me.

→ 無論何時，只要你感到寂寞，就可以打電話給我。

▶ **She visits her grandma whenever she has time.**

= Whenever she has time, she visits her grandma.

→ 每當她有時間，她就會去看她的奶奶。

6. since：用在完成式，表示「從某動作發生後一直到現在」

> since

指「自從」，後面接「過去動作」，引導出一個時間副詞子句，表示「自……起」。

▶ **I haven't seen her since we graduated.**

→ 自從我們畢業，我就沒有再見過她了。

▶ **She has locked herself in the room since she came home.**

→ 自從她回到家，就一直把自己鎖在房間裡。

❷ 用來表示「原因」的從屬連接詞

because（因為）	since（由於）

> **because**

指「因為」，用來引導表示「原因」的副詞子句。

▶ **Dad was angry because I lied.**

= **Because I lied, Dad was angry.**

→因為我説謊，爸爸很生氣。

▶ **I am hungry because I didn't eat breakfast.**

= **Because I didn't eat breakfast, I am hungry.**

→我肚子餓是因為我沒吃早餐。

> **because 與 because of 的用法比較**

because後面接子句，because of後面接名詞。

▶ **The game was cancelled because it rained.**

→因為下雨，比賽被取消了。

▶ **The game was cancelled because of the rain.**

→比賽因為那場雨而被取消了。

> **because 與 so的用法比較**

because為引導「原因」的連接詞，而so為引導「結果」的連接詞。兩個連接詞不能放在同一個句子裡面。

▶ **We need to go home because it is late.**

→因為現在很晚了，所以我們要回家。

= **It is late, so we need to go home.**

→現在很晚了，所以我們需要回家。

🖋 成果實測

1. (　) They wear a heavy coat _____ it snows outside. = They wear a heavy coat _____ the snow.

   (A) because; because of

   (B) because; because

   (C) because of; because of

   (D) because of; because

2. (　) _____ he practices the piano a lot, he plays very well. = He practices the piano a lot, _____ he plays it very well.

   (A) Because; so

   (B) Because; because

   (C) So; so

   (D) So; because

解答
1. (A) 2. (A)

because的從屬子句可以放在句首，但是so引導的子句卻不行。

▶ **I want to help you because you are my friend.**

= **Because you are my friend, I want to help you.**

→ 我想幫助你是因為你是我的朋友。

= **You are my friend, so I want to help you.**

→ 你是我的朋友，所以我想幫助你。

since

指「由於、既然」，用來引導表示「原因」或「事實狀況」的副詞子句，用法大致與because相同。

▶ **I'll take a day off since I'm already late.**

= **Since I'm already late, I'll take a day off.**

→ 既然我都已經遲到了，我就休一天假吧。

▶ **Ask her out since you like her.**

= **Since you like her, ask her out.**

→ 既然你喜歡她，就約她出去啊。

❸ 用來表示「目的」的從屬連接詞：**so that / in order that**（以便）

so that

指「如此一來」，可以引導一個表示「目的」的副詞子句，表示「以便……；為了……」。可以表示「目的」，也同時表示「結果」。

▶ **He speaks louder so that everyone can hear him.**

→ 他說得更大聲，好讓每個人都能聽到他的聲音。

▶ **Give your mother a call so that she won't be worried.**

→ 給你媽媽打個電話，如此一來她才不會擔心。

so that 與 so as to 的用法比較

so that 與 so as to 都是表示「目的」的連接詞，so that 後面要接有主詞有動詞的句子，而 so as to 後面要接原形動詞。

▶ **He worked three part-time jobs so that he could support his family.**

= **He worked three part-time jobs so as to support his family.**

→ 他兼三份差，以便能養活他的家庭。

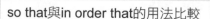

so that 與 in order that 的用法比較

in order that 指「為了」，用法與 so that 一樣，但是 in order that 引導的副詞子句可以放句首，so that 引導的副詞子句則不能。

▶ **He saved money in order that he could travel around the world.**

= **In order that he could travel around the world, he saved money.**

= **He saved money so that he could travel around the world.**

→ 他存錢是為了能夠環遊世界。

in order that 與 in order to 的用法比較

in order that 與 in order to 都是用來表示「目的」的連接詞，in order that 接子句，in order to 則要接原形動詞。

▶ **She lost weight in order that she could fit in the jeans.**

= **She lost weight in order to fit in the jeans.**

→ 她減重是為了能穿得下那件牛仔褲。

成果實測

1. (　) He left home early _____ he wouldn't miss the bus. = He left home early _____ miss the bus.

　(A) so that; so as to

　(B) so; so as to

　(C) so that; so as not to

　(D) so; so as not to

2. (　) _____ he could save money, he always buys the cheapest things.= He always buys the cheapest things _____ save money.

　(A) In order that; in order that

　(B) So that; in order that

　(C) In order that; in order to

　(D) So that; in order to

解答
1. (C) 2. (C)

195

❹ 用來表示「讓步」或「對比」的從屬連接詞

although（雖然；即使）　　　though（雖然）
even though（縱使；儘管）　　while（儘管：雖然）

以上連接詞都可以引導一個有「讓步」含義或表示「對比」的副詞子句，表示即使存在「某種狀態」，主句的動作依然發生，彼此用法大致相同：

▶ **I don't like him although he is smart.**

= **Although he is smart, I don't like him.**

→ 雖然他很聰明，但我並不喜歡他。

▶ **She can't speak Chinese even though she has lived in Beijing for years.**

= **Even though she has lived in Beijing for years, she can't speak Chinese.**

→ 雖然她已經住在北京好幾年，但她並不會說中文。

▶ **He went to school though he didn't feel well.**

= **Though he didn't feel well, he went to school.**

→ 儘管他身體不舒服，還是去上學了。

▶ **Lynn married John while her family disliked him.**

= **While Lynn's family didn't like John, she married him.**

→ 儘管家人都不喜歡John，Lynn還是嫁給他了。

> although與but的用法比較

although是用來表示「雖然」的連接詞，而but是用來表示「但是」的連接詞。

雖然中文有「雖然……，但是……」的句型用法，但是在英文中although與but不能同時使用在同一個句子中。

📝 成果實測

1. (　) My grandpa is very strong _____ he is already 85 years old.
(A) unless
(B) although
(C) since
(D) once

解答
1. (B)

▶ **Although she is beautiful, she is not kindhearted.**

= **She is beautiful but she is not kindhearted.**

→ 雖然她很美麗，心地卻不善良。

✗ **Although she is beautiful, but she is not kind.**

這個句子有兩個連接詞引導出來的附屬子句，卻沒有主要子句，是錯誤的句子。

❺ 用來表示「條件」的從屬連接詞

if （如果）	as long as （只要）
unless（除非）	once（一旦）

if, as long as及once這三個連接詞都是可以引導「條件」副詞子句，用來表示「在某種情況存在」的條件下，主要子句的動作才會發生。

> if

指「如果」，表示「如果……的話，就會……」。

▶ **I will go to the party if you invite me.**

= **If you invite me, I will go to the party.**

→ 如果你邀請我，我就會去參加派對。

🖉 成果實測

1. ( ) _____ his mom had already reminded him for thousand times, he still forgot to bring the key.
   (A) Even though
   (B) If
   (C) As
   (D) When

2. ( ) _____ he is wealthy, _____ he never wastes money.
   (A) Although; X
   (B) Although; but
   (C) X; although
   (D) Although; while

3. ( ) _____ it is strongly opposed by the bride or groom, I will wear a mini-skirt to the wedding.
   (A) As long as
   (B) unless
   (C) if
   (D) once

解答
1. (A) 2. (A) 3. (B)

as long as/ once

指「只要；一旦」，用來表示「只要某情況發生」，主要子句就可以成立。

▶ **You can stay here as long as your mother agrees.**

= **You can stay here once your mother agrees.**

= **As long as your mother agrees, you can stay here.**

= **Once your mother agrees, you can stay here.**

→ 只要你媽媽答應，你就可以待在這裏。

unless

表「除非」，主句中通常有not，才會用unless引導表示「條件」的副詞子句。當條件發生，主要子句才有可能成立。

▶ **I cannot go out unless I finish my homework.**

= **Unless I finish my homework, I cannot go out.**

→ 除非我寫完作業，否則我不能出去。

▶ **She won't forgive you unless you apologize.**

= **Unless you apologize, she won't forgive you.**

→ 除非你道歉，否則她不會原諒你。

only if , unless 與 or 的用法比較

only if也是引導條件句的連接詞，用來表示「只有在某種情況發生時」，主要子句才有可能成立。unless 子句前面的主句有not，而only if 前的主句則不需要。

▶ **I will not go to your wedding unless you invite me.**

→ 除非你邀請我，否則我不會去你的婚禮。

= I will go to your wedding only if you invite me.

→ 除非你邀請我，我才會去你的婚禮。

or及otherwise 指「否則，要不然」，引導一個「可能結果」的副詞子句，通常是帶有「威脅警告」的含義，表示一旦條件沒有發生，就可能會產生某種結果。

▶ **You have to invite me, or / otherwise I will not go to your wedding.**

→ 你必須邀請我，否則我不會去你的婚禮。

中文有「除非……否則……」的句型，但在英文句型中，unless與or不能同時使用在同一個句子裡。

▶ **Unless you hurry up, you will miss the train.**

= **Hurry up, or you will miss the train.**

→ 除非你快一點，否則你會趕不上火車。

✗ **Unless you hurry up, or you will miss the train.**

一個句子有兩個附屬子句，卻沒有主要子句，是錯誤的句子。

📝 以現在式取代未來式

由when, before, after, until, if, unless, as soon as引導的附屬子句，涉及「未來才會發生的動作」時，因為是屬於「無法控制的未來」，故用現在簡單式取代未來式。

▶ **I will tell Mom when she comes back.**

→ 當媽媽回來時，我會告訴她。

▶ **They will go unless it rains.**

→ 除非下雨，不然他們會去。

▶ **Please call me as soon as he arrives.**

→ 他一到，就請打電話給我。

📝 副詞子句的簡化

當附屬連接詞前後句子的主詞相同時，附屬子句的主詞可省略，並將動詞改為現在分詞。

▶ **Mary started screaming <u>when</u> she saw the snake.**

= **Mary started screaming <u>when</u> seeing the snake.**

→ Mary一看到蛇就開始尖叫。

▶ **The boy cried <u>after</u> he was punished.**

= **The boy cried <u>after</u> being punished.**

→ 男孩被處罰後就哭了。

📝 成果實測

省略附屬子句的主詞改寫句子

1. Grandpa always goes jogging before he has breakfast.

_____

_____

2. Before Mom goes to work, she will have the laundry done.

_____

_____

3. Peter stopped teasing his sister when he saw his mother coming.

_____

_____

解答

1. Grandpa always goes jogging before having breakfast.

2. Before going to work, Mom will have the laundry done.

3. Peter stopped teasing his sister when seeing his mother coming.

Lesson 4 too... to...句型與 so... that...句型

📝 too...to... 的句型及用法

❶ 基本句型結構

$$too + \begin{cases} 形容詞 \\ 副詞 \end{cases} + to + 原形動詞$$

▶ **You are** <u>too</u> **young** <u>to</u> **drive.**

→ 你年紀太小,不能開車。

▶ **The cat ran** <u>too</u> **slowly** <u>to</u> **catch the mouse.**

→ 那隻貓跑得太慢了,抓不到那隻老鼠。

❷ 不定詞前面可以加上for人,表示「對某人而言太……而不能……」。

$$too + \begin{cases} 形容詞 \\ 副詞 \end{cases} + for 人 + to + 原形動詞$$

▶ **The bed is** <u>too</u> **small** <u>for us</u> <u>to</u> **sleep.**

→ 這床對我們來說太小了,不能睡。

▶ **The math question is** <u>too</u> **difficult** <u>for the students</u> <u>to</u> **solve.**

→ 這數學題對學生們來說太難了,無法解。

▶ **The weather is** <u>too</u> **cold** <u>for me</u> <u>to</u> **go swimming.**

→ 這天氣對我來說太冷了,不能去游泳。

❸ 用虛主詞it來當主詞

▶ **It is never <u>too</u> late <u>to</u> learn.**

→ 學習永遠不嫌晚。

▶ **It is already <u>too</u> late <u>to</u> apologize.**

→ 現在想道歉已經太晚了。

📝 ...enough to... 的句型及用法

enough為表示「足夠」的副詞，一般放在形容詞後面做修飾。如tall enough表示「夠高」；old enough表示「年紀夠大」。...enough to... 為表示「夠……可以做……」的句型，常與too...to...被拿來做句型比較。

❶ 基本句型結構

> ⎧ 形容詞
⎨
⎩ 副詞　　+ enough + to + 原形動詞

▶ **The man is <u>old</u> enough to <u>be</u> your father.**

→ 那男子年紀大得可以當你的爸爸了。

▶ **You have to be <u>tall</u> enough to <u>play</u> basketball.**

→ 你必須要夠高才能打籃球。

❷ 不定詞前面可以加上for人，表示「對某人而言夠……而可以……」。

> ⎧ 形容詞
⎨
⎩ 副詞　　enough + for 人 + to + 原形動詞

▶ **The house is big <u>enough</u> <u>for four of us</u> to <u>live in.</u>**

→ 這房子對我們四個人來說夠大，可以住。

▶ **The ring is cheap <u>enough</u> <u>for me</u> to <u>buy.</u>**

→ 這戒指夠便宜，讓我買得下去。

❸ ...enough to...的否定句

...enough to...的句型要表示否定時，在形容詞或副詞前方加not即可。

▶ **We are** <u>not</u> <u>close</u> <u>enough to</u> **share secrets.**

→ 我們還沒有親密到可以分享秘密。

▶ **My English is** <u>not</u> <u>good</u> <u>enough to</u> **read an English novel.**

→ 我的英文沒有好到可以讀英文小說。

📝 so...that... 的句型及用法

so為修飾形容詞或副詞，表示「如此……；非常」的程度副詞，用來加強形容詞或副詞的強度。連接詞**that**則是引導一個表示「結果」的子句， so...that...這個句型常用來描述某人或某物是「太……以致於……」。

❶ 基本句型結構

so + { 形容詞 / 副詞 } + that + 子句

▶ **Joanna is** <u>so</u> **weak** <u>that</u> **she can't go to school.**
　　　　　　　　　　　　　　太虛弱的結果

→ Joanna太虛弱了，以至於不能去上學。

▶ **The room was** <u>so</u> **dirty** <u>that</u> **I didn't want to stay there.**
　　　　　　　　　　　　房間太髒導致的結果

→ 那房間實在太髒了，所以我不想住在那裡。

▶ **The ballerina danced** <u>so</u> **beautifully** <u>that</u> **I couldn't get my eyes off her.**
　　芭蕾女伶舞跳太美的結果

→ 芭蕾女伶舞跳得太美了，以致於我無法將眼睛從她身上移開。

📝 **成果實測**

句子改寫

1. My grandpa is still too young to ride the bus for free. （用enough改寫）

_____

_____

_____

解答
1. My grandpa is not old enough to ride the bus for free.

📝 **成果實測**

1. ( ) He was _____ sad _____ he couldn't help crying.

(A) too; to

(B) very; that

(C) enough; to

(D) so; that

解答
1. (D)

❷ 用虛主詞來當主詞

▶ **It is so hot today that I want to go swimming.**

→ 今天太熱了，使我想去游泳。

▶ **It is so dangerous outside that none of us should go out.**

→ 外面太危險了，我們任何人都不應該出去。

📝 **such...that... 的句型及用法**

such為形容詞，表示「如此的，這樣的」，連接詞that引導一個表示「結果」的子句。such...that...這個句型可以用於表示某人或某物「是如此的……，以致於……」。

❶ 基本句型結構

> such ＋ 名詞片語 ＋ that ＋ 子句

such後的名詞片語，通常會由「形容詞＋名詞」組合而成，如such a cute dog（如此可愛的一隻狗）、such great news（如此棒的消息）等。

▶ **It is such great news that we should go celebrate.**
　　　　　　　名詞片語　　　　　　　　結果

→ 這真是個好消息，我們應該要去慶祝一下。

▶ **Emily is such a lovely girl that everyone likes her.**
　　　　　　　名詞片語　　　　　　結果

→ Emily是如此可愛的一個女孩子，每個人都喜歡她。

📝 **成果實測**

填入so或such

1. The bed was _____ comfortable that I fell asleep at once.

2. Japan is _____ a beautiful country that I would like to visit it again.

3. It was _____ a fun evening that we all had a great time.

解答
1. so 2. such 3. such

204

❷ so...that...與such...that...兩個句型的比較

> 1. 兩個句型都是用來表示「太……以致於……」
> 2. so後面接形容詞或副詞，such後面要接名詞
> 3. 都有that引導表示「結果」的子句

▶ **English is <u>so</u> <u>important</u> that we need to learn it well.**

→ 英文很重要，所以我們要把它學好。

▶ **English is <u>such</u> <u>an important language</u> that we need to learn it well.**

→ 英文是如此重要的一種語言，所以我們要把它學好。

▶ **This cake is <u>so</u> <u>delicious</u> that I want to eat more.**

→ 這蛋糕實在很美味，所以我想要多吃一點。

▶ **This is <u>such</u> <u>a delicious cake</u> that I want to eat more.**

→ 這是如此美味的蛋糕，讓我想要多吃一點。

✏ 成果實測

句子改寫

1. Today is so cold that you'd better wear a jacket.（用such改寫）

    _____

    _____

    _____

2. Mr. Lin is such a mean person that most people don't like him.（用so改寫）

    _____

    _____

    _____

解答
1. It is such a cold day that you'd better wear a jacket.
2. Mr. Lin is so mean that most people don't like him.

Lesson 5 附和句

什麼是附和句？

附和句是對某個陳述表示附和，如肯定附和「也⋯⋯」或是否定附和「也不⋯⋯」。附和句的目的在「附和」原句，因此語意及結構都必須呼應原句。

形成附和句的要點

附和句的動詞結構要跟前方的句子相呼應：

◆ 前面是be動詞的句子，附和句就要使用be動詞。
◆ 前面的句子是一般動詞，附和句就要使用助動詞do/does/did。
◆ 前面的句子使用助動詞can/will/have/should等，附和句就要使用相同的助動詞。

附和句的句型及用法

表示附和的副詞有：

肯定附和	否定附和
too（也是）	either（也不）
so（也是）	neither（也不）
also（也）	

❶ too與either的用法與比較

too用在表示肯定附和，表示「也是」；either用在否定附和，表示「也不」。too與either都是放在句尾，並以逗號與前面的句子隔開。

> 肯定附和：主詞 + 動詞, too.
> 否定附和：主詞 + 動詞, either.

肯定附和

▶ **I am a student, <u>too</u>.**

→ 我也是個學生。

▶ **He likes to play basketball, <u>too</u>.**

→ 他也喜歡打籃球。

否定附和

▶ **She is not interested, <u>either</u>.**

→ 她也沒興趣。

▶ **They are not invited, <u>either</u>.**

→ 他們也沒被邀請。

　表達簡短附和時，只需要用到主詞與be動詞或助動詞，並一樣要用逗號與放在句尾的too或either隔開。

簡短肯定附和：主詞 ＋ be動詞/助動詞, too.
簡短否定附和：主詞 ＋ be動詞否定縮寫式/否定助動詞, either.

簡短肯定附和

▶ **A: I am tired.** → 我很累。

　B: I am, too. → 我也是。

▶ **A: A-mei is my sister's favorite singer.**

→ 阿妹是我姊最喜歡的歌手。

　B: She's mine, too. → 她也是我最喜歡的歌手。

簡短否定附和

▶ **A: I don't feel like to go to work today.**

→ 我今天不想去上班。

　B: I don't, either. → 我也不想。

Unit 4

📝 **成果實測**

1. (　) Mom has never been to London. Dad _____, either.

   (A) has

   (B) never

   (C) didn't

   (D) hasn't

2. (　) Ricky: I am twelve years old.
   Sue: I am, _____.

   (A) either

   (B) too

   (C) so

   (D) neither

解答
1. (D) 2. (B)

207

如果要表示對前面完整句子的附和，無論是肯定附和或否定附和，都用連接詞and連接附和句。

▶ **My mother is a teacher, <u>and</u> I am, <u>too</u>.**

→ 我媽媽是個老師，我也是。

▶ **We had a great time, <u>and</u> they did, <u>too</u>.**

→ 我們玩得很開心，他們也是。

▶ **Jack wasn't at home, <u>and</u> Diana wasn't, <u>either</u>.**

→ Jack不在家，Diana也不在。

▶ **I didn't go to work, <u>and</u> Mike didn't, <u>either</u>.**

→ 我沒去上班，Mike也沒有。

❷ **so 與neither 的用法與比較**

so用在肯定附和，表示「也是」；neither用在否定附和，表示「也不」。so與neither都是放在句首，並且主詞與助動詞必須「倒裝」。

> 肯定附和：so ＋ 助動詞 ＋ 主詞.
> 否定附和：neither ＋ 助動詞 ＋ 主詞.

肯定附和

▶ **She is good at English. <u>So am I</u>.**

→ 她很擅長英文。我也是。

▶ **Dad hates eggplants. <u>So does Mom</u>.**

→ 爸爸討厭茄子。媽媽也是。

否定附和

▶ **Susie was not there. <u>Neither was Jeff</u>.**

→ Susie不在那裡。Jeff也不在。

▶ **He shouldn't go. <u>Neither should you</u>.**

→ 他不應該去。你也不應該。

1. ( ) Peter received an invitation. _____ Lily.

   (A) So did

   (B) Neither was

   (C) Also did

   (D) Either does

2. ( ) John _____ the exam, and neither did Sam.

   (A) can fail

   (B) has passed

   (C) didn't pass

   (D) will pass

解答

1. (A) 2. (C)

208

❸ also（也）的用法

　　also是表示「也；還；同樣地」的副詞，必須放在be動詞及助動詞後，或一般動詞之前。

$$主詞 + \begin{cases} be動詞 \\ 助動詞 \end{cases} + also + \begin{cases} 補語 \\ 原形動詞 \end{cases}$$

▶ **Mike** <u>is</u> **a college student. Jack** <u>is also</u> **a college student.**

→ Mike 是個大學生。Jack也是個大學生。

▶ **Men** <u>can</u> **do great things. Women** <u>can also</u> **do great things.**

→ 男人可以做偉大的事。女人也可以做偉大的事。

主詞 ＋ also ＋ 一般動詞

▶ **I play the piano and I** <u>also</u> <u>play</u> **the violin.**

→ 我彈鋼琴，也拉小提琴。

▶ **She invited James, and she** <u>also</u> <u>invited</u> **Tom.**

→ 她邀請了James，也邀請了Tom。

📝 成果實測

1. (　) My husband loves music, and he ＿＿＿ loves movies.

(A) so　　(B) either

(C) also　(D) too

解答
1. (C)

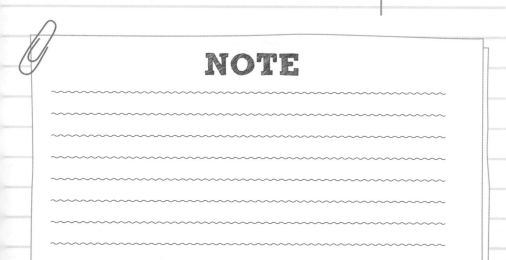

NOTE

Lesson 6 used to與 be used to

關於use這個動詞

❶ use的意思

use這個動詞是「使用、利用」的意思。

▶ **He can't use chopsticks.**

→ 他不會使用筷子。

▶ **I use the computer to do my homework.**

→ 我用電腦做作業。

❷ used的意思

use的過去分詞是used，可以用來當過去分詞形容詞，表示「被用過的」、「舊的」、「二手的」。

例 ▶ **a used car** → 一輛二手車

a used handbag → 一個二手手提袋

used也可以用在被動語態，表示「被使用」、「被利用」。be used to V用來表示「某物被使用來做某件事」。

▶ **The picture is used to decorate the wall.**

→ 這幅畫被用來裝飾牆面。

▶ **The gun was used to protect his family.**

→ 這把槍被用來保護他的家人。

除了做一般動詞的用法之外，use最常被用在used to、be used to及get used to的句型中，用法與一般動詞用法完全不一樣。

成果實測

1. (　) Do you know how to ___ the camera?

(A) take　(B) picture

(C) use　(D) shot

2. (　) This second-hand desk looks _____ because it has been _____ by the boy for more than 5 years.

(A) old; used

(B) old; old

(C) used; use

(D) used; old

解答

1. (C) 2. (A)

📔 used to是什麼？

　　used是動詞use的過去式，因此used to要使用在過去式的句子中，表示「過去經常發生，但現在已經不再發生的事」。

📔 什麼時候要用used to？

❶ 描述過去時常做，現在已經不做的動作

▶ **My husband used to buy me flowers every now and then.**

→ 我先生過去時不時地會買花給我。

❷ 描述一個過去的習慣

▶ **I used to go jogging in the morning.**

→ 我以前早上會去慢跑。

❸ 描述過去曾經常發生的事

▶ **They used to fight a lot.**

→ 他們過去經常吵架。

❹ 描述一個過去存在，現在已經不復存在的現象或狀況

▶ **There used to be a park in this neighborhood.**

→ 過去這個地區曾經有一個公園。

📔 used to的基本結構及用法

　　used to是一個用在「過去簡單式」句型的動詞片語，用來表示「過去一向……」、「過去時常……」、「過去習慣……」、「過去曾經……」，但現在已經不再做的事。

> 主詞＋used to＋原形動詞

🖊 成果實測

1. (　) Dad used to drive me home _____.
   (A) some day
   (B) when I was little
   (C) every day
   (D) sometimes

2. (　) The school _____ a temple 50 years ago.
   (A) was used to be
   (B) used to be
   (C) was used to
   (D) has been used to

解答
1. (B) 2. (B)

❶ used to＋一般動詞

表示過去曾經的習慣或動作，常用來描述一件「過去時常做……」、「過去習慣做……」的事。

▶ **My father** used to **smoke a lot.**

→ 我爸爸以前抽很多煙。

▶ **She** used to **make a living as a writer.**

→ Anna曾經當作家謀生。

❷ used to＋be動詞

表示「以前曾經是……」，常用來描述一個「過去曾經存在的狀態」。

▶ **My sister and I** used to be **very close.**

→ 我跟我姐曾經很親近。

▶ **This building** used to be **a department store.**

→ 這棟建築物曾經是個百貨公司。

❸ there used to be...

表示「以前有……」；「過去某處曾經有……」，這個句型用在主詞為「某地」或「某處」時。

▶ There used to be **a Thai restaurant by the park.**

→ 以前公園旁邊曾經有個泰國餐廳。

▶ There used to be **an apple tree in the backyard.**

→ 後院曾經有棵蘋果樹。

📝 used to句型的否定句

used to句型的否定句有兩種形式，一種是直接在used與to中間加上not；一種是加上過去式助動詞did與not變成否定式。而當前面有助動詞時，used就會恢復成原形動詞use。

$$
主詞 + \begin{cases} \text{used not to} \\ \text{didn't use to} \end{cases} + 原形動詞
$$

used not to與didn't use to有些微含義上的不同，但差異並不大。

❶ used not to：有「過去習慣不去做某事」的含義

▶ **We used not to cook at home.**

→ 我們以前習慣不在家裡做飯。

▶ **This company used not to hire female workers.**

→ 這間公司過去習慣不聘請女性員工。

❷ didn't use to：有「過去不習慣做某事」的含義

▶ **Chinese parents didn't use to praise their children.**

→ 華人父母過去不習慣讚美他們的孩子。

▶ **They didn't use to have cereal for breakfast.**

→ 他們以前不習慣吃麥片當早餐。

1. ( ) My parents _____ have western meals in their childhood.
（我爸媽小時候不習慣吃西餐）

(A) doesn't use to

(B) didn't used to

(C) use not to

(D) used not to

解答

1. (D)

📝 used to句型的疑問句與答句

要用used to句型詢問「過去習慣」或「過去曾經存在的事」時，只要在句首加上did，就是疑問句了。

> Did＋主詞＋use to＋原形動詞？

▶ **Did you use to stay up late when you were in college?** → 你在大學時，有習慣熬夜嗎？

肯定詳答：**Yes, I used to stay up late when I was in college.**
→ 有，我念大學時一向熬夜。

肯定簡答：**Yes, I did.** → 對，我有。

否定詳答：**No, I didn't use to stay up late when I was in college.**
→ 不，我念大學時不習慣熬夜。

否定簡答：**No, I didn't.** → 不，我沒有。

📝 與used to句型連用的時間副詞

used to本身就含有「過去、以前」的含義，可以加上時間副詞，提供「大約是什麼時候的過去」，傳達更完整的句意。由於used to是用來表示「過去習慣」、「過去經常做的事」或「曾經的狀態」，該動作或該現象通常會持續一段時間，所以這個句型不會使用到精確或短暫的過去時間（如last night, two hours ago, just now等）。

▶ **My brother used to be very difficult when he was a teenager.**

→ 當我哥哥還是個青少年時，曾經非常難搞。

▶ **We used to hang out all the time before we went to college.**

→ 我們上大學之前經常混在一起。

📝 be used to的用法

　　be used to除了前面提到，後面要接原形動詞的「被動語態」用法之外，be used to還是一個可以用在各種時態，表示「習慣於……」的動詞片語。

📝 什麼時候要用be used to？

❶ 表示習慣某個事物時

　▶ **He is used to the weather in London.**

　→ 他已經很習慣倫敦的天氣了。

❷ 表示習慣做出某個動作時

　▶ **She is used to getting up early.**

　→ 她已經習慣早起了。

❸ 表示習慣某種狀態時

　▶ **The old man is used to being alone.**

　→ 老人已經習慣孤獨一人了。

📝 be used to的基本結構及用法

　　be used to是用來表示「習慣某事」的動詞片語，後面要接名詞、動名詞或代名詞來做受詞。這個動詞片語沒有時態的限制，但be動詞要隨主詞及時態做變化。

主詞＋ be used to ＋	名詞（片語）
	動名詞（片語）
	代名詞受格

❶ be used to＋名詞（片語）

表示「習慣、適應某事物」。

▶ I am used to **the traffic in Taipei.**
　　　　　　　　名詞片語

→ 我已經習慣台北的交通了。

▶ She is used to **the new working environment.**
　　　　　　　　　　名詞片語

→ 她已經習慣新的工作環境了。

❷ be used to＋動名詞（片語）

表示「習慣、適應做某件事」。

▶ My American friend is used to **eating with chopsticks.**
　動名詞片語

→ 我的美國朋友很習慣用筷子吃飯。

▶ You will be used to **living without TV** sooner
or later.　　　　　　　　　動名詞片語

→ 你遲早會習慣過沒有電視的日子。

❸ be used to＋代名詞受格

用來取代前面已經出現過的名詞。

▶ The weather in London is very changeable,
but we are used to it.
　　　　　　　代名詞受格

→ 倫敦的天氣非常多變，但我們已經習慣了。

▶ Working overtime is normal in my company,
and I am already used to it.
　　　　　　　　　代名詞受格

→ 加班在我們公司是很正常的，而且我已經習慣了。

be used to的否定句

跟一般be動詞句型一樣，表示否定的not要跟著be動詞，也可以用縮寫來表示。be not used to表示「不習慣某事」；「對……不習慣」。

$$主詞＋be＋not＋used\ to＋\begin{cases}名詞（片語）\\動詞（片語）\\代名詞受格\end{cases}$$

▶ **We** <u>are not used to</u> **being naked in front of others.**
　　　　　　　　　　　　　　動名詞片語

→ 我們不習慣在他人面前赤裸著身體。

▶ **My husband** <u>isn't used to</u> **the food in Thailand.**
　　　　　　　　　　　　　　名詞片語

→ 我先生不習慣泰國的食物。

▶ **Sexual harassment is wrong. We shouldn't** <u>be used to</u> **it.**
　　　　　　代名詞受格

→ 性騷擾是錯誤的。我們不應該習慣它。

be used to句型的疑問句與答句

要用be used to句型詢問「對某事是否習慣時」，只要將be動詞移到句首即可。

$$Be＋主詞＋used\ to＋\begin{cases}名詞（片語）\\動詞（片語）\quad ?\\代名詞受格\end{cases}$$

▶ **Are you used to your new school?**

→ 你習慣你的新學校嗎？

肯定詳答：**Yes, I am used to my new school.**
　　　　　　→ 是，我習慣我的新學校了。

1. (　) Are you used to _____ to school by bus?

　(A) go　　(B) going

　(C) goes　(D) gone

2. (　) Aren't you used to speaking English?

　(A) Yes, I am.

　(B) Yes, I am not.

　(C) No, I am.

　(D) No, I aren't.

解答

1. (B) 2. (A)

217

肯定簡答：**Yes, I am.** → 是，習慣了。

否定詳答：**No, I am not used to my new school.**
　　　　→ 不，我不習慣我的新學校。

否定簡答：**No, I'm not.** → 不，不習慣。

📝 get used to的用法

　　get used to的用法基本上與be used to 一樣，但是get這個動詞有「變得」的含義，因此get used to是在表示「對……變得習慣」或「開始習慣某事物」。get used to時常使用於「現在進行式」，表示還沒習慣，但已經「在漸漸習慣中」。

▶ **Diana <u>has gotten used to</u> noise since she moved to the big city.**

→ 自從搬到大城市，Diana已經變得習慣噪音了。

▶ **I don't like spicy food. It took me some time to <u>get used to</u> it.**

→ 我不喜歡辣的食物。我花了一點時間才習慣它。

▶ **The traffic here is terrible, but I'm <u>getting used to</u> it.**

→ 這裡的交通很可怕，但我已經逐漸習慣了。

📝 used to與be used to的比較

　　used to與be used to是兩個常常被搞混的相似片語，只要把兩者差異弄清楚，就可以避免誤用。

	used to	be used to
用法	表示「過去習慣……」、「過去一向……」、「過去曾經……」	表示「習慣於……，適應於……」
時態	過去簡單式	無時態限制

218

to	為不定詞，後面接原形動詞	為介系詞，後面接名詞、動名詞或代名詞受格做受詞
疑問句	以did為句首	以be動詞為句首

▶ **He used to be very busy every day.**

→ 他曾經每天都很忙碌。（已成為過去式，現在已經不忙了。）

▶ **He is used to being very busy every day.**

→ 他已經習慣每天都很忙碌了。（是目前存在的狀態，而他已經適應了。）

▶ **Brenda used to work from home.**

→ Brenda曾經在家工作。（已成為過去式，現在已經不在家工作了。）

▶ **Brenda is used to working from home.**

→ Brenda已經習慣在家工作了。（是目前存在的狀態，而且她已經習慣了。）

🖊 **成果實測**

1. (　) Did she ＿＿ to bed at nine? / Is she ＿＿ to bed at nine?

(A) use to go; use to going

(B) used to go; used to going

(C) use to going; used to go

(D) used to going; use to go

解答
1. (B)

NOTE

Lesson 7 假設語氣

什麼是假設語氣?

假設語氣是用來表達「條件」、「但願」、「推想」或「與事實相反」的文法。英文的假設語氣涉及「事實」,要正確使用假設語氣,必須要有一定的邏輯觀念,才能以正確的時態來表達假設語氣。表達假設語氣的方法,第一是「if條件句」(更多條件句的介紹請見〈從屬連接詞〉),第二就是用動詞wish來表達假設性的願望。

什麼時候要用假設語氣?

❶ 表達當條件成立,就會成為事實的假設時

▶ If it is sunny, we will go to the beach.

→ 如果天氣好,我們就會去海邊。

❷ 表達可能會發生的假設時

▶ If we practice hard enough, we might win the game.

→ 如果我們練習得夠努力,我們很可能會贏得比賽。

❸ 表達與事實不符的假設時

▶ If I had enough money, I would buy this diamond ring.

→ 如果我有足夠的錢,我就會買這個鑽石戒指。

❹ 想要表達建議或忠告時

▶ If I were you, I would quit smoking.

→ 如果我是你,我會戒菸。

❺ 想要表達願望時

> **I wish you were my sister.**

→ 但願你是我的妹妹。

📓 if條件句

❶ 當條件成立，就會成為事實的假設

這種「在某個前提下」，一定會成為事實的假設，以if引導現在簡單式條件句，加上現在式的主要子句來呈現。

if ＋ 現在簡單式，主詞 ＋ $\begin{cases} will \\ can \\ may \end{cases}$ ＋原形動詞

> **If it rains tomorrow, I will not go mountain**

　　　　假設條件成立　　　　　會發生的結果

> **climbing with you.**

→ 如果明天下雨，我就不跟你們去爬山了。

> **If you stay, we can play video games together.**

　　假設條件成立　　　　　就可以發生的事實

→ 如果你留下來，我們就可以一起玩電動。

這類條件句也可以用來表示「警告」或「威脅」。

> **If you do that again, I will tell your mom.**

→ 如果你再做那種事，我就會告訴你媽媽。

> **If he doesn't apologize, she may never talk to him again.**

→ 如果他不道歉，她可能再也不會跟他說話了。

🖋 **成果實測**

1. ( ) If the weather _____ good this Saturday, dad may _____ us to the beach.

(A) will be; take

(B) is; take

(C) will be; takes

(D) is; takes

2. ( ) If he _____ tell the truth, she will never _____ him.

(A) will not; forgive

(B) will not; forgives

(C) does not; forgive

(D) does not; forgives

解答
1. (B) 2. (C)

❷ 當條件成立，就可能會成為事實的假設

這種「在某種條件發生的前提下」，雖然不一定，但很可能會成為事實的假設，以if引導現在簡單式條件句，加上未來式的主要子句來呈現。這種假設語氣，常常被用來給予「建議」。

> if ＋ 現在簡單式，主詞 ＋ { will / may / might } ＋原形動詞

▶ **If <u>you ask her</u>, she may <u>say yes</u>.**

前提　　　　　　可能出現的結果

→ 如果你問她，她很有可能答應。

▶ **If <u>we take a taxi</u>, we might <u>be able to catch the train.</u>** 前提　　　　　　可能發生的結果

→ 如果我們搭計程車，可能就可以趕上火車。

❸ 條件與現實相反，不可能成為事實的假設

當if引導的假設條件與現在事實相反（如憑空想像、不存在或是與現實不符等），使得主句成為不可能發生的未來時，以if引導過去簡單式的條件句（表示條件並不存在），加上過去式的主要子句（表示不可能發生）來呈現。

> if ＋ 過去簡單式，主詞 ＋ { would / could / might } ＋原形動詞

▶ **If <u>I had one million dollars,</u>**

用過去式動詞had表示與現在事實不符的假設：我現在並沒有一百萬。

I would buy a house for you.

既然我並沒有一百萬，當然也就不可能買房子給你。

→ 如果我有一百萬，我就會買棟房子給你。

✎ 成果實測

1. ( ) If you _____ hard, you can pass the exam.
   (A) studied
   (B) studying
   (C) study
   (D) studies

2. ( ) I will go to your party if I _____ invited.
   (A) were　(B) was
   (C) will be (D) am

填空

3. We can go to the beach if the weather_____ nice tomorrow.

解答
1. (C) 2. (D) 3. is

✎ 成果實測

1. ( ) If I _____ the lottery（樂透），I would buy a nice car for my father.
   (A) win
   (B) won
   (C) am winning
   (D) will win

▶ **If you could buy me a car,**

與現實相反的假設

I would be happy to drive you home every day.

不可能發生的結果

→ 如果你可以買部車給我，我將很樂意每天開車送你回家。

◆ 與現實不符的假設條件句，動詞為be動詞時，無論主詞為何，一律用were。

▶ **If she were my wife,**

事實上她並非我的妻子

I would be the happiest husband in the world.

表示不可能成真的事

→ 如果她是我妻子，我會是世界上最幸福的丈夫。

這類條件句常常用來給予「忠告」。

▶ **If I were you, I wouldn't do that.**

以If I were you開頭的假設語氣，通常是在給予對方忠告或建議。

→ 如果我是你，我不會那麼做。

▶ **If I were you, I would apologize to her immediately.**

→ 如果我是你，我會立刻向她道歉。

wish假設語氣

當我們想要表達假設的願望時，就會用wish假設語氣，來陳述一個不太可能成真的願望，表示「要是……多好」。

wish與hope的差別？

同樣是表達願望，hope這個動詞是用來表達可能成真的「希望」，而wish則是用來表達不可能成真的「願望」，如I hope you can stay.（我希望你能留下來）有「對方應該可以留下來」之含義，而I wish you could stay.（但願你能留下來）則有「對方事實上不可能留下來」的含義。

2. (　) I would help him if I _____ you.
   (A) were　(B) am
   (C) was　(D) are

3. (　) If you ask her nicely, she _____ lend you the money you need.
   (A) might　(B) has
   (C) does　(D) did

填空

4. If Ms. Lin _____ our teacher, we would have a lot of homework every day.

5. If John _____ my brother, I would share all my toys with him.

解答

1. (B) 2. (A) 3. (A)

4. were 5. were

📝 wish假設語氣的句型與用法

　　if條件句在表達「與現實相反」的假設時，條件句會使用過去式，並以過去式的主要子句表達不可能發生的事實。wish假設語氣也是如此。因為是在表達「與現實狀況不符」的願望，因此wish後會以that引導過去式的子句，表示「不可能成真」。

I wish ＋(that) ＋主詞＋	were＋補語
	動詞過去式
	could/would＋原形動詞

▶ **I wish (that) I were younger.**

　　　　表達與事實不符的願望時，無論主詞是什麼，be動詞一律用were

→ 真希望我能年輕一點。

▶ **I wish (that) I never said that.**

已經說過的話就收不回來，因此用過去式動詞表示「與現實不符」的願望

→ 我真希望我從沒說過那種話。

▶ **I wish (that) I could go with you, but unfortunately I can't.**

現實情況是「我不能跟你去」，因此以過去式助動詞表達「與現實不符」的願望

→ 我真希望我能跟你一起去，但不幸地是我不能。

🖊 成果實測

填空

1. I am the only child in my family, but I always wish I _____ have a brother.

2. I said something mean to my sister. I wish I _____ said that.

解答
1. could
2. didn't / never

224

Lesson 8 關係代名詞與關係子句

什麼是關係代名詞？

關係代名詞既是代名詞，也是連接詞。關係代名詞可以代替先行詞，並同時引導一個關係子句來修飾先行詞，是形成複句不可或缺的要角。

關係代名詞有哪些？

關係代名詞有以下五個，可以用來取代不同的先行詞。

先行詞	主格	受格	所有格
人	who	whom	whose
事物；動物	which	which	whose
人；事物；動物	that	that	X

認識句子中的先行詞與關係代名詞

先行詞指的是句子中被代名詞所取代的字或字群。

▶ **Mike loves his mother.** → Mike愛他的媽媽。

在這個句子裡主詞為Mike，受詞為「Mike的媽媽」，但是因為Mike已經出現過，所以後面就不重複Mike，而是用his來取代Mike's，因此Mike就是這個句子的先行詞。

成果實測

1. ( ) This is the car ___ was reported to be stolen yesterday.

   (A) which (B) whose

   (C) where (D) X

2. ( ) Lily called to her mother yesterday.

   →To _____ Lily called yesterday?

   (A) who (B) whom

   (C) whose (D) that

解答
1. (A) 2. (B)

► **The girl who sits by the window is Jenny.**

→ 坐在窗邊的女孩是Jenny。

在這個句子裡，the girl（女孩）後面接著一個以who引導的形容詞子句，用來說明「女孩是坐在窗邊」，但是因為the girl已經出現過，所以這時候就要請出可以代替主格「人」的關係代名詞who來取代the girl並引導子句，避免重複。所以這個句子中，the girl就是先行詞，而who就是取代the girl，並引導關係子句的關係代名詞。

📝 什麼是關係子句？

關係子句就是由關係代名詞（who/whom/whose/which/that）所引導的形容詞子句，目的是用來修飾前面的先行詞，提供更多有關先行詞的資訊。

關係代名詞除了是整個句子中，引導關係子句的「連接詞」，也是關係子句的主詞。因此關係子句該由哪個關係代名詞來引導，必須先看關係子句所要修飾之先行詞是什麼，來決定要用「主格」、「受格」還是「所有格」。

❶ 先行詞是「人」，且代名詞為子句的主格時，關係代名詞用who

► **The man is standing over there.**

→ 那男子站在那裡。

+ **The man is my father.** → 那男子是我父親。

= **The man who is standing over there is my father.** who取代the man成為形容詞子句的主詞

→ 站在那邊的男子是我的父親。

► **I like the girl.** → 我喜歡那女孩。

+ **The girl sits next to John.**

→ 那女孩坐在John隔壁。

226

= I like the girl <u>who</u> sits next to John.

who取代the girl成為形容詞子句的主詞

→ 我喜歡坐在John隔壁的女孩。

❷ 先行詞是「人」，且代名詞為子句的受格時，關係代名詞用whom

▶ The <u>woman</u> is my teacher.

→ 那女子是我的老師。

+ My mother talked to <u>the woman</u>.

→ 我媽媽跟那女子講話。

= The woman <u>whom</u> my mother talked to is my teacher.

whom取代the woman成為形容詞子句的受詞，並移到子句前，當連接詞

→ 跟我媽媽講話的那個女子是我的老師。

▶ <u>The man</u> is very sick. → 那男子病得很重。

+ Mary takes care of <u>the man</u>.

→ Mary照顧那名男子。

= The man <u>whom</u> Mary takes care of is very sick.

whom取代the man成為形容詞子句的受詞，並移到子句前，當連接詞

→ Mary照顧的那個男子病得很重。

❸ 先行詞是「人」，且代名詞為子句的所有格時，關係代名詞用whose

▶ <u>The woman</u> is very sad. → 那女子很傷心。

+ <u>The woman's</u> dog is missing.

→ 那女子的狗不見了。

= The woman <u>whose</u> dog is missing is very sad.

關係子句的主詞為「女子的狗」，所有格whose取代the woman's修飾dog，作為子句的連接詞

→ 那個狗狗不見的女子很傷心。

🖊 成果實測

1. (　) She's marrying a man _____ she just met two weeks ago.

(A) who　(B) whom

(C) which　(D) whose

圈出正確的關係代名詞

2. The boy (whose, whom) you met yesterday was John.

解答

1. (B) 2. whom

🖊 成果實測

1. (　) I don't know the girl _____ name is Julia.

(A) which　(B) who

(C) whom　(D) whose

圈出正確的關係代名詞

2. I met the girl (whose, whom) right arm was injured.

解答

1. (D) 2. whose

▶ **Look at the girl.** → 你看那女孩。

+ The girl's **hair is green.**

→ 那女孩的頭髮是綠色的。

= **Look at the girl** whose **hair is green.**

> 關係子句的主詞為「女子的頭髮」，whose取代 the girl's修飾hair，作為子句的連接詞

→ 你看那個頭髮是綠色的女孩。

❹ 先行詞是「事物或動物」，且代名詞為子句的主格或受格時，關係代名詞用which

▶ The song **is popular.** → 這首歌很受歡迎。

+ The song **is written by David Tao.**

→ 這首歌是陶喆寫的。

= **The song** which **is written by David Tao is popular.**

> which取代the song成為形容詞子句的主詞

→ 那首陶喆寫的歌很受歡迎。

▶ **The movie has a sad ending.**

→ 那部電影有個悲傷的結局。

+ **I have watched** the movie **many times.**

→ 我看過那部電影許多次。

= **The movie** which **I have watched many times has a sad ending.**

which取代the movie成為形容詞子句的受詞，並移到子句前，當連接詞

→ 那部我看過許多次的電影有個悲傷的結局。

❺ 先行詞是「事物或動物」，且代名詞為子句的所有格時，關係代名詞用whose

▶ **The house was built by my grandpa.**

→ 那房子是我爺爺蓋的。

+ **The roof of the house is red.**

→ 那屋子的屋頂是紅色的。

= **The house whose roof is red was built by my grandpa.**

the roof of the house意指the house's roof。這個關係子句的主詞為「房子的屋頂」，因此以所有格whose取代the house's修飾roof，作為子句的連接詞

→ 那個屋頂是紅色的房子是我爺爺蓋的。

▶ **The book was a gift from my aunt.**

→ 那本書是我阿姨送的禮物。

+ **The cover of the book is a lion.**

→ 書的封面是一隻獅子。

= **The book whose cover is a lion was a gift from my aunt.**

the cover of the book意指the book's cover。這個關係子句的主詞為「書的封面」，因此以所有格whose取代the book's修飾cover，作為子句的連接詞

→ 那本封面是一隻獅子的書是我阿姨送的禮物。

❻ that可以取代who、whom及which，作為子句的主格或受格

▶ **The boy is Peter.** → 那個男孩是Peter。

+ **The boy won the speech contest.**

→ 那個男孩贏得演講比賽。

= **The boy that won the speech contest is Peter.**

that取代the boy成為形容詞子句的主詞

→ 那個贏得演講比賽的男孩是Peter。

📝 成果實測

1. (　) The car is bought by Joe. The top of the car is full of mud.

→The car _____ top is full of mud is bought by Joe.

(A) which　(B) where

(C) that　　(D) whose

2. (　) The dog is fluffy. The dog ate some hotdog.

→The dog ___ is fluffy ate some hotdog.

(A) that　　(B) where

(C) it　　　(D) there

解答
1. (D) 2. (A)

229

► I lost <u>the cellphone</u>. → 我把手機弄丟了。

+ I bought <u>the cellphone</u> last week.

→ 我上週買了那隻手機。

= I lost the cellphone <u>that</u> I bought last week.

that取代the cellphone成為形容詞子句的受詞，並移到子句前，當連接詞

→ 我把我上星期買的那隻手機弄丟了。

► <u>The girl</u> **is our cousin.** → 那女孩是我們的表妹。

+ My sister is playing with <u>the girl</u>.

→ 我妹妹正在跟那女孩玩。

= The girl <u>that</u> <u>my sister is playing with</u> is our cousin.

that取代the girl成為形容詞子句的受詞，並移到子句前，當連接詞

→ 那個正在跟我妹妹玩的女孩是我們的表妹。

❼ 關係代名詞只能用that的情況

一般來說，who, whom, which都是可以由that取代的，但是有些情況，關係代名詞不能用who, whom或which，只能使用that。

1. 先行詞中有最高級或序數

► **Irene is <u>the most beautiful girl</u> <u>that</u> I have ever met.**

→ Irene是我認識的女生中最美的。

► **Today is <u>the last day</u> <u>that</u> we spend together.**

→ 今天將是我們一起度過的最後一天。

2. 先行詞中有強調語氣the very, the only

► **He is <u>the very husband</u> <u>that</u> you wish you could have.**

→ 他就是那種你會希望可以擁有的老公。

▶ **Josephine is the only girl** that **wears the uniform to school.**

→ Josephine是唯一一個穿制服來上學的女生。

3. 先行詞中有表示全部語詞的形容詞all, every, each

▶ **This is all that I can say.**

→ 這是我唯一可以說的事。

4. 先行詞包含人及動物時

▶ **The man and the dog** that **lived in the forest were gone.**

→ 住在森林裡的男人與狗消失不見了。

5. 先行詞為be動詞補語時

▶ **This is the watch** that **I have been looking for.**

→ 這就是我一直在找的手錶。

that子句

　　that 子句指的是一個由that所引導，含有主詞及動詞的附屬子句。與關係子句為形容詞子句，用來修飾先行詞不同，that子句是屬於名詞子句，可以作為句子的主詞、受詞或補語。

❶ 作為主詞

▶ That **you always forgets to flush really bothers me.**　　　主詞

→ 你總是忘記沖馬桶，這真的讓我很困擾。

Unit
4

✏ 成果實測

1. (　) This is just the book _____ I'm looking for.

(A) which　(B) it

(C) that　　(D) where

2. (　) Angel is always sick. It suffers me a lot.

→ ___ Angel is always sick suffers me a lot.

(A) That　　(B) Which

(C) Whom (D) Who

解答
1. (C) 2. (A)

❷ 作為受詞

▶ I never knew **that** you can sing so well.
                         受詞
→ 我從來都不知道你可以唱得那麼好。

❸ 作為補語

▶ My idea is **that** we can have a band perform at the party.
                            主詞補語
→ 我的主意是我們可以找樂團來派對上表演。

NOTE

總複習

文法總複習

閱讀完本書之後，就用以下題目來鞏固所學，並測試看看自己是否已經掌握了這些文法知識吧！

I. 請將正確附和句連起來。

1.My brother seldom gets up before six.	Neither has Mr. Chen.
2.Brian is an outgoing person.	My teacher couldn't, either.
3.I couldn't solve this math question.	It's mine, too.
4.Christmas is my favorite holiday.	Neither do I.
5.Ms. Lin hasn't been well lately.	So is David.

II. 選擇題

1. (　) There are three rabbits in the yard, aren't _____?

   (A) you　　　　(B) they　　　(C) them　　　(D) there

2. (　) _____ upstairs and you'll see the toilet.

   (A) You will walk　　(B) Walking　　(C) Walk　　(D) Will walk

3. (　) Melody _____ to the party yesterday.

(A) invites　　　　(B) invited　　(C) was invited　(D) was inviting

4. (　) Cathy has _____ many books. No wonder she is very knowledgeable.

(A) read　　　　(B) readed　　(C) readen　　(D) rad

5. (　) Katherine moved to the US _____ 2019.

(A) in　　　　(B) on　　　　(C) at　　　　(D) every

6. (　) My phone is _____. Can I borrow your power bank?

(A) die　　　　(B) died　　(C) dying　　(D) dieing

7. (　) Dad bought a watch _____ me. = Dad bought _____ me a watch.

(A) for; for　　(B) to; to　　(C) for; X　　(D) to; X

8. (　) _____ go camping this weekend!

(A) Let's　　　　(B) Let us　　(C) A、B皆可　(D) A、B皆不可

9. (　) I couldn't help _____ when seeing a big cockroach in my room.

(A) scream　　(B) to scream　(C) screaming　(D) screamed

10. (　) You need to go to bed _____.

(A) finally　　(B) just　　(C) lately　　(D) immediately

III. 請圈出正確的詞。

1. I go to New York for vacation with my family (once / each / every) a year.

2. The meeting will begin (in / at / on) 2 p.m.

3. Smoking (harm / harms / harming) your health.

4. The store is closed (on / in / at) Mondays.

5. They (are going / going to / will) meet us at the restaurant.

6. Can you read (for / to / X) us a storybook before we sleep?

7. (Do / Does / Is) your mom let you play computer games?

8. Dad had Jack (do / does / done) his homework.

9. Jake had his homework (do / does / done) before dinner.

10. Where (were / did / do) you hiding when he came in?

IV. 請依提示改寫句子。

1. They had already had dinner before they came. （改成疑問句）

_____

_____

2. I have breakfast before I go to school. （將**before**放到句首）

_____

_____

3. In order that he could travel around the world, he saved money. （用**so that**改寫）

_____

_____

4. I will not go to the college. （用**be going to**改寫）

_____

_____

5. Look at the girl. The girl's hair is green.（合併為一句）

_____

_____

6. The teacher asked the student to leave the classroom. The student was eating.（合併為一句）

_____

_____

7. When did Sarah move to New York? I can't remember.（合併為一句）

_____

_____

8. Were the boys excited about the game?（否定詳答該問句）

_____

_____

9. The teacher gave the students a lot of homework.（將前後兩個受詞對調）

_____

_____

10. Learning English is important.（將動名詞改為不定詞）

_____

_____

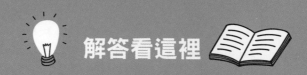

解答看這裡

閱讀完本書之後，就用以下題目來鞏固所學，並測試看看自己是否已經掌握了這些文法知識吧！

I. 請將正確附和句連起來。

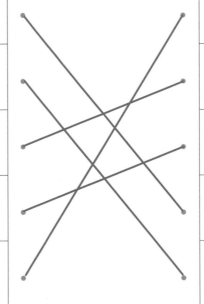

1.My brother seldom gets up before six.	Neither has Mr. Chen.
2.Brian is an outgoing person.	My teacher couldn't, either.
3.I couldn't solve this math question.	It's mine, too.
4.Christmas is my favorite holiday.	Neither do I.
5.Ms. Lin hasn't been well lately.	So is David.

II. 選擇題

1. (D)   2. (C)   3. (C)   4. (A)   5. (A)

6. (C)   7. (C)   8. (C)   9. (C)   10. (D)

III. 請圈出正確的詞。

1. I go to New York for vacation with my family (once / each / every) a year.

2. The meeting will begin (in / at / on) 2 p.m.

3. Smoking (harm / harms / harming) your health.

4. The store is closed (on / in / at) Mondays.

5. They (are going / going to /[will]) meet us at the restaurant.

6. Can you read (for / to /[X]) us a storybook before we sleep?

7. (Do /[Does]/ Is) your mom let you play computer games?

8. Dad had Jack ([do]/ does / done) his homework.

9. Jake had his homework (do / does /[done]) before dinner.

10. Where ([were]/ did / do) you hiding when he came in?

IV. 請依提示改寫句子。

1. They had already had dinner before they came. （改成疑問句）

   Had they already had dinner before they came?

2. I have breakfast before I go to school. （將**before**放到句首）

   Before I go to school, I have breakfast.

3. In order that he could travel around the world, he saved money.（用**so that**改寫）

   He saved money so that he could travel around the world.

4. I will not go to the college.（用**be going to**改寫）

   I am not going to go to the college.

5. Look at the girl. The girl's hair is green.（合併為一句）

   Look at the girl whose hair is green.

6. The teacher asked the student to leave the classroom. The student was eating.（合併為一句）

   The teacher asked the student who was eating to leave the classroom.

7. When did Sarah move to New York? I can't remember.（合併為一句）

   I can't remember when Sarah moved to New York.

8. Were the boys excited about the game?（否定詳答該問句）

   No, they weren't excited about the game.

9. The teacher gave the students a lot of homework.（將前後兩個受詞對調）

   The teacher gave a lot of homework to the students.

10. Learning English is important.（將動名詞改為不定詞）

    To learn English is important.

原來如此 系列 *E253*

這本文法最實用！**英文滿分筆記，**
隨學隨練快速打好文法基礎

重點整理✕相應習題，筆記式雙欄設計讓你高效吸收文法知識！

作　　　者	蔡文宜◎著
社　　　長	王毓芳
編輯統籌	耿文國、黃璽宇
主　　　編	吳靜宜
執行主編	潘妍潔
執行編輯	吳芸蓁、吳欣蓉
美術編輯	王桂芳、張嘉容
法律顧問	北辰著作權事務所　蕭雄淋律師、幸秋妙律師

初　　　版	2022年01月
出　　　版	捷徑文化出版事業有限公司
電　　　話	（02）2752-5618
傳　　　真	（02）2752-5619

定　　　價	新台幣320元／港幣107元
產品內容	1書

總 經 銷	采舍國際有限公司
地　　　址	235 新北市中和區中山路二段366巷10號3樓
電　　　話	（02）8245-8786
傳　　　真	（02）8245-8718

港澳地區總經銷	和平圖書有限公司
地　　　址	香港柴灣嘉業街12號百樂門大廈17樓
電　　　話	（852）2804-6687
傳　　　真	（852）2804-6409

本書部分圖片由freepik提供

國家圖書館出版品預行編目資料

這本文法最實用！英文滿分筆記，隨學隨練快速
打好文法基礎 / 蔡文宜著. -- 初版. -- 臺北市：
捷徑文化出版事業有限公司, 2022.01
　面；　公分. --（原來如此：E253）
ISBN 978-986-5507-96-1(平裝)

1.英語 2.語法

805.16　　　　　　　　　　　　　110019592